*Les dents du bonheur*

*William Leymergie*

# *Les dents du bonheur*

*Albin Michel*

*À Marie, Géry, Sacha, Anna*

« L'enfance est un continent.
L'Afrique est le mien… »

Henry de Monfreid

# *Ce jour-là…*

D'abord, il y a les cavaliers et les chevaux de la Garde républicaine qui escortent le président à grands coups de sabots sur les pavés, puis l'escadrille aérienne de la Patrouille de France et ses fumigènes tricolores. À présent, les troupes à pied descendent la célèbre avenue : l'Armée de l'air, la Marine, les Parachutistes, les Chasseurs alpins, la Légion étrangère… À l'apparition des troupes motorisées et des premiers blindés, comme chaque année, je saurai que la fin du défilé est proche.

Ce jour-là, je m'installe dès 9 h 30 devant ma télévision. L'historique des corps d'armée et des uniformes, leurs glorieux faits d'armes, les anecdotes joyeuses ou dramatiques, je les connais presque tous par cœur. À mesure qu'elles défilent, je me remémore les devises des grandes écoles, Saint-Cyr, Polytechnique, comme si j'avais appartenu à chacune d'elles, et je fredonne leurs musiques, leurs hymnes. Et quand les avions passent au-dessus de l'Arc de triomphe, je cours à la fenêtre avec mes jumelles jusqu'à ce qu'ils disparaissent à l'horizon. Sans doute est-ce un peu puéril, mais je m'en fiche. Nous sommes le dimanche 14 juillet 2013, j'ai soixante-six ans. Assis devant mon poste avec mon café, je regarde la parade militaire.

Depuis qu'ils sont nés, mes trois enfants, qui ont aujourd'hui trente-quatre, trente et un et vingt-six ans, m'ont toujours vu regarder le défilé sur les Champs-Élysées. Dans la salle à manger, j'entendais le glissement de leurs pas sur le plancher, des petits rires moqueurs. « Hé, les enfants, regardez, c'est un lieutenant de vaisseau qui commande le détachement ! » Ça soupirait de toutes parts. « Chut ! Laissez papa regarder le défilé ! » chuchotait Marie, ma femme. Aujourd'hui encore, elle n'a pas oublié la consigne : interdiction de me déranger !

Cette année, j'ai une raison supplémentaire de regarder mon programme préféré : c'est un détachement de l'armée malienne qui ouvre le défilé des troupes à pied, accompagné des soldats français qui sont intervenus au Mali en début d'année pour aider le pays à se libérer du djihad islamiste. Dans leurs uniformes de camouflage et bérets verts, les Maliens marchent fièrement, menton en l'air, les yeux fixés sur le président Traoré, invité d'honneur du gouvernement français dans la tribune officielle.

Embarqué par la musique martiale qui fait battre mon cœur au rythme des pas, je ferme les yeux. Et, immédiatement, une image se superpose : j'ai dix ans, je suis à Bamako, au Mali. Sur la place d'Armes, une centaine d'hommes défilent, emmenés par les trompettes et les clairons. Je suis avec ma mère dans la tribune. Nous regardons mon père qui avance imperturbable dans son bel uniforme et casque colonial blancs, sous un soleil de plomb. Ma main dans celle de maman, je ne le quitte pas des yeux, sauf pour vérifier que les autres autour de nous le regardent, comme moi, marcher impeccablement au pas. Mon père a cinquante-trois ans, il est officier dans l'artillerie de marine, « la coloniale », comme on disait à l'époque, et c'est un grand jour pour lui : tout à l'heure, il sera élevé au rang d'officier dans l'ordre de la Légion d'honneur. Une médaille supplémentaire à accrocher sur sa vareuse auprès des nombreuses autres décorations.

L'armée, je ne m'y intéresse donc pas plus que ça. Si je suis fidèle à cette grande parade annuelle du 14 Juillet, c'est qu'elle me rappelle la « gloire de mon père ».

À Bamako, chaque année, le défilé local était suivi d'un cocktail officiel au palais de Koulouba, la résidence du gouverneur. L'occasion pour moi d'entrer dans l'une des plus belles demeures de la ville, une oasis de verdure dans cette fournaise. Les corps constitués étaient présents, mais aussi les avocats, les médecins, les directeurs de banque, le général commandant la région, l'inspecteur d'Académie et quelques notables avec leur famille. Tous en tenue de gala. Les femmes blanches et les épouses des hauts dignitaires maliens, dans leur tenue traditionnelle, boubous brodés et pagnes de coton imprimé, rivalisaient d'élégance. Je revois ma mère portant une robe en soie vert bronze et un petit chapeau blanc assorti à ses escarpins. Entre les invités trinquant et discutant à l'ombre des tamariniers et des lauriers-roses, des jeunes filles en costume local faisaient passer des plateaux hérissés de flûtes de champagne, ou remplis de petits-fours que j'attrapais à pleines poignées avant de m'enfuir le long des vérandas pour les partager avec mes copains.

Les cérémonies ont commencé la veille dans le camp de Kati, à 14 kilomètres de Bamako. On a accroché des lampions au toit du cercle des officiers et sur la grande terrasse qui domine la brousse. Pendant qu'on dressait les tables, nous, on cavalait autour, en essayant d'attraper les filles pour un baiser dans le cou. Résultat : des cris de souris, des rires et une engueulade pour aller jouer ailleurs. Deuxième manche le soir, au bal des officiers, objectif un petit slow, à onze ans, c'est le rêve ! Et puis, ça attendrit tellement nos parents, on ne va pas leur refuser ça…

À l'âge de vingt ans, j'ai quitté le continent africain pour faire mes études en France. Depuis, il ne s'est pas passé une semaine sans qu'un parfum, un livre, une voix, un film, une cérémonie – comme ce défilé ! – ne me renvoie à ces souvenirs. Le temps aurait dû les espacer et en atténuer les contours, mais je constate qu'ils se font encore plus précis et même plus lancinants. L'âge nous pousse à exhumer les vieilles photos : le sexagénaire que je suis ressent aujourd'hui, comme ses contemporains, le besoin de retrouver l'enfant qu'il a été, de revisiter les événements et arrachements successifs qui l'ont construit, les multiples cultures dont il est le fruit. Et tout ce qui a forgé son imaginaire, son rapport au monde et les valeurs qui ont fondé son identité.

L'Afrique, je la porte au plus profond de moi, et à fleur de peau comme un tatouage. Tout comme elle a envoûté mon père, puis ma mère, en les invitant à regarder au-delà de l'horizon et à imaginer un avenir différent de celui qui leur était proposé, elle m'a marqué de son empreinte et a fait naître en moi une curiosité insatiable. Et même si ma passion pour mon métier m'a ancré à Paris, c'est grâce à l'Afrique que je suis devenu un « rencontreur » de gens, un éternel promeneur dans la vie.

Les vingt années vécues là-bas, je m'en repasse souvent les images car elles sont fortes et belles : l'Algérie, Alger la somptueuse et la meurtrière, avant, pendant et après l'indépendance, l'Afrique noire à Dakar et à Bamako, les paquebots, la maison dans la savane, les « boys », la course contre la pluie, le berger peul, les singes « culs-rouges » et les serpents cracheurs... Lorsque je suis amené ici ou là à les évoquer, je réalise que nous ne sommes pas nombreux à avoir vécu cette enfance qui ne me semblait pourtant pas si exceptionnelle : courir après les phacochères ou se baigner près des crocodiles, c'était donc si original ? Ça m'a donné envie de feuilleter mon album de souvenirs en compagnie d'autres personnes qui ne m'imaginent peut-être pas sous cet éclairage... exotique !

Sur les Champs-Élysées, le défilé s'achève avec le saut en parachute au-dessus de Paris effectué par six militaires émérites. Ils viendront atterrir à quelques mètres de la tribune présidentielle, et le départ du président marquera la fin de la cérémonie. Ensuite, les soldats, les parachutistes, les pompiers s'égailleront dans la capitale et se feront photographier avec les Parisiens et tous ceux qui sont venus pour saluer l'Armée française. Par souci d'économie, la garden-party a été supprimée cette année. Dommage, le temps est magnifique. Et c'était sympathique d'approcher les militaires sur l'impeccable pelouse du palais de l'Élysée pour un moment de partage.

Ainsi qu'on le faisait dans la résidence du gouverneur de Bamako.

Voilà, c'est fini. Un défilé de plus, rendez-vous l'année prochaine, même heure, même endroit. Les parades du 14 Juillet, je n'en ai pas manqué beaucoup depuis que je suis enfant. Mon père n'est plus là et, d'où il est, s'il me voit, il doit bien rigoler que son fils aux cheveux blancs ait l'œil mouillé.

Le téléphone me tire de ma rêverie. C'est Sacha, mon plus jeune fils, le ton ironique :

– Bonjour, papa, je ne te dérange pas ? C'est fini les... les bidasses en folie !

– Les bidasses en folie ?!?! Moque-toi, mon grand, moque-toi, mais peut-être que dans trente ans, tu auras toi aussi la larme à l'œil, en feuilletant un magazine TV des années 1980.

À chacun sa nostalgie, et l'amour profond que je porte à mon père provoque de curieux chocs affectifs tous les 14 juillet. Des rangers et des larmes... difficile à expliquer.

## *Le rêveur du Bordelais*

Très tôt, il y a eu chez mon père un côté « Marius », le personnage de Pagnol qu'il aimait tant, avec cette irrésistible envie d'ailleurs, porté par la certitude qu'au-delà de l'horizon, la vie était plus belle. Sans avoir le talent d'écrivain d'un Henry de Monfreid ou la vocation d'un Docteur Schweitzer, Jean-Raymond rêvait d'explorer d'autres continents et de pimenter une vie qu'il jugeait trop calme dans sa petite province. Après avoir obtenu son diplôme d'ingénieur en génie civil, il décida d'intégrer une école d'officiers. Pourquoi l'armée ? Parce qu'à cette époque, elle était l'assurance d'une vie aventureuse et que, à l'issue de ses études, mon père comptait bien demander à rejoindre l'Afrique occidentale française, l'AOF.

À l'armée, les activités sportives étaient omniprésentes : un élément essentiel dans son choix de vie. Plus jeune, il avait fait de la boxe au club omnisport des Girondins de Bordeaux, où l'entraîneur de l'époque avait repéré sa carrure d'athlète. Mais devenir boxeur professionnel ne le tentait pas. On dit que, pour être un grand boxeur, il faut savoir être méchant. Méchant, il ne l'était pas, même s'il se montrait parfois soupe au lait. Il pouvait avoir l'air rude mais c'était une expression, un masque derrière lequel il se protégeait des importuns. En réalité, il était plutôt conciliant. Chez lui, il y a toujours eu cette ambivalence : ingénieur et boxeur, autoritaire et tendre, militaire et poète. Vers la fin de sa vie, il écrivit même des pièces de théâtre à la manière de Courteline, des poèmes et des chansons… Rêve et réalité, il balançait entre les deux.

Je n'ai pas connu mes grands-parents paternels, ni maternels. Ils étaient déjà morts quand je suis né, et mon père n'était pas bavard sur sa famille, ma mère non plus. J'ai pu savoir que mon grand-père, André, était facteur de pianos à Bordeaux, il les fabriquait et il les réparait. Il était aussi mélomane puisqu'il acheva sa carrière professionnelle comme critique musical à *Comœdia*, un magazine qui rendait compte des concerts et des opéras donnés dans sa région. De ma grand-mère paternelle Marthe, je n'ai rien su. Un temps, j'ai même imaginé que le silence obstiné de mon père cachait des histoires secrètes, terribles, un oncle trafiquant d'armes, des cousines espionnes, des cadavres dans le placard… Même pas. Il y a dans notre famille une pudeur, une tradition du silence qui fait qu'on ne se livre pas.

Que mon père et mon grand-père ne se parlent plus n'a pas aidé à la transmission des souvenirs familiaux. Ils s'étaient fâchés pour des raisons politiques. Le premier avait, me semble-t-il, une sensibilité plutôt de droite, alors que le second était un communiste pur et dur. Après une violente altercation, mon père a quitté le domicile familial et a franchi la Méditerranée. J'ignore s'ils se sont même revus par la suite. Quoi qu'il en soit, jamais au cours des rares balades que nous avons pu faire dans la région bordelaise, mon père n'a souhaité me montrer les lieux de son enfance. Et lorsqu'il m'arrivait de lui poser des questions sur mes grands-parents, il se contentait de rire : « Oh, tu es vraiment gentil de t'intéresser à eux ! », comme si c'était une démarche extravagante ! La discussion s'arrêtait là.

Si mon père n'aimait pas se raconter, il a en revanche laissé des photos « pour ses enfants, et ses futurs petits-enfants », comme il le soulignait, des dizaines de clichés pris avec son beau Rolleiflex qui ne le quittait pas. Il fabriquait lui-même ses albums, choisissant de beaux cartons épais pour les couvertures, des feuilles de papier brun rigide, reliant le tout avec un solide coton. Finalement, quand je les regarde, ces photos en noir et blanc aux contours crénelés me disent davantage de cette époque que bien des récits. En plus, elles me font rêver : sur tous ses clichés de jeunesse, mon père ressemble à un acteur de cinéma hollywoodien. Avec ses cheveux bruns gominés, on dirait Tyrone Power ou, plus tard, James Stewart. Un mètre quatre-vingt-quatre, une carrure large et musclée, toujours élégant, il avait « une allure », comme on dit, et on devinait qu'il la cultivait. La philosophie exceptée, il n'était pas loin du dandy.

Le voici, à vingt-six ans, en Haute-Volta, à cheval, casque colonial sur la tête, jodhpurs et bottes cavalières. *Promenade à Bobo Dioulasso*, a-t-il écrit dans une calligraphie parfaite. Le goût des choses bien faites, il l'avait dans tous les domaines ! Deux ans plus tard, en 1932, il posait en uniforme d'aviateur, alors qu'il achevait un stage dans l'Armée de l'air. Parmi les photos de manœuvres où il apparaît au milieu d'une trentaine de fantassins noirs au pied de canons d'artillerie, je découvre quelques portraits de femmes africaines qu'il a fait poser devant son objectif pour mieux fixer la finesse de leur nuque ou le dessin sophistiqué de leur coiffure. Esthète, il l'était aussi.

## *Quand Jean-Raymond rencontre Jeanne*

J'aurai maintes fois l'occasion de parler de la passion qu'avaient mes parents pour le cinéma, car ils me l'ont transmise. Chez eux, elle était insatiable et ne s'est jamais tarie. D'où leur était-elle venue ? Je l'ignore, mais on peut imaginer que les circonstances de leur rencontre ne sont pas étrangères à cet amour-là, car elle ressemble à une scène de film.

Nous sommes en 1936, à Libourne, sur les allées de Tourny, un lieu de promenade très fréquenté des habitants de la petite ville. Il y a là un restaurant d'une dizaine de tables que mon grand-père maternel, ancien économe du lycée de Cognac, a acheté avec l'argent qu'il a su mettre de côté. C'est lui-même qui tient la boutique, aidé de sa femme et, de temps à autre, de sa fille Jeanne, qui donne un coup de main à la caisse.

Dans cette ville de garnison où Jean-Raymond termine ses classes, au Centre de formation des officiers des troupes d'Outre-mer, il n'y a pas beaucoup de distractions. Aller dîner au restaurant en est une, modeste mais agréable, et l'établissement de M. Jayle jouit d'une excellente réputation.

Ce mardi soir, le futur officier est seul, sans ses habituels compagnons de chambrée. Quand il pousse la porte du restaurant, il est tôt, la salle est presque vide et le couple des patrons est encore en train de poser assiettes et couverts. J'imagine bien les petites tables nappées de vichy rouge et blanc.

« Installez-vous, monsieur, on arrive tout de suite !

– Prenez votre temps, je ne suis pas pressé… »

En attendant qu'on vienne prendre sa commande, le jeune militaire a tout loisir de remarquer qu'une charmante jeune femme est assise derrière la caisse, feuilletant un grand livre de comptes tout en mordillant son crayon. Elle n'a pas accordé un regard à l'élève officier. Lui, en revanche, à demi caché par la carte des menus, ne peut s'empêcher de l'observer. Elle est ravissante et son visage a quelque chose de singulier. Ses longs cils portent une ombre douce sur ses pommettes qu'elle a hautes. Avec sa peau mate, ses cheveux noirs légèrement crantés et ses lèvres couleur carmin, on dirait une Orientale. « Elle doit être espagnole…, se dit le garçon. Ou berbère ? Elle en a la finesse des traits. »

Soudain, alors que les yeux de Jean-Raymond s'attardent sur le dessin de sa bouche, la jeune femme relève la tête. Deux pépites bleues le fixent sans ciller. A-t-elle senti le poids de son regard ? Déstabilisé, il s'absorbe dans l'étude de la carte.

« Vous avez fait votre choix, monsieur ? »

La voix qui vient le sortir d'affaire est celle de la tenancière du restaurant. Elle lui sourit et attend la commande, calepin et crayon en main.

Je ne pense pas que mon père prête grande attention à ce qu'il mange ce soir-là, car sa préoccupation est ailleurs : c'est ma mère qu'il dévore des yeux, et elle lui rend maintenant chacun de ses regards. Autour d'eux, dans la salle qui entre-temps s'est remplie, on dirait que les bruits du service et des conversations se sont assourdis. Comme si un brouillard enveloppait les deux jeunes gens.

Au moment de partir, Jean-Raymond décide d'aller régler directement à la caisse. La demoiselle est à quelques centimètres de lui, ses yeux bleus se dérobent, elle semble soudain intimidée. Lui a pris de l'assurance et sourit franchement :

« Tout s'est bien passé ? demande-t-elle.

– C'était... c'était très... très soigné ! » répond le jeune officier qui cherchait un qualificatif original.

« Très soigné, très soigné ? Il se croyait à l'infirmerie ! » riait ma mère chaque fois qu'elle racontait cette histoire.

Les deux jeunes gens engagent la conversation, sans se soucier qu'on les observe. Le temps s'est arrêté. Jeanne ne baisse plus les yeux, surprise, en jeune fille sérieuse, de sourire ainsi à cet inconnu qui la trouble et qui ne semble pas pressé de partir.

« Comment vous appelez-vous… si je ne suis pas indiscret… ? ose-t-il.

– Du tout. Je m'appelle Jeanne…

– Moi, c'est Jean-Raymond… », et il lui tend la main.

Elle la serre doucement, puis l'observe, charmée, coiffer son calot militaire. Le temps d'apprendre qui elle est :

« Je reviendrai bientôt. Passez une bonne soirée, mademoiselle. Merci et au revoir. »

Il se retourne, salue les patrons d'un mouvement de tête et pousse la porte du restaurant. Jeanne garde les yeux fixés sur son dos droit, ses larges épaules, sa taille bien prise dans l'uniforme, jusqu'à ce qu'il disparaisse de sa vue. Puis elle s'aperçoit dans un des miroirs de la salle : le rose lui est monté aux joues. Elle replonge aussitôt dans ses comptes :

« Qu'est-ce qui m'arrive ? Je suis complètement folle. »

Toute la soirée, elle se concentre sur son travail pour chasser le bel officier de ses pensées. « Jeanne ! L'addition du 6 ! Où as-tu la tête, ce soir ? » Ses parents ont beau la rappeler à l'ordre, son imagination s'enflamme. Les dernières paroles du jeune homme viennent cingler sa mémoire : « Je reviendrai… mademoiselle. » Mademoiselle… Il est bien galant, cet inconnu, elle n'est pas si jeune : vingt-neuf ans, tout de même. Si elle lui avait dit qu'elle est déjà mariée et maman d'une fillette de neuf ans ! N'a-t-il pas remarqué son alliance ?

Pour Jean-Raymond, le coup de foudre a été immédiat, et la petite Monique, ma demi-sœur, ne sera pas un obstacle à son immense détermination à conquérir ma mère. Quant au père de Monique, il ne fera pas d'embarras : il s'est évanoui dans la nature sans demander à voir sa fille dont il ne songe guère à prendre des nouvelles.

À l'amour comme à la guerre, pas de tergiversations : quelques jours plus tard, le jeune officier revient faire sa déclaration. Dans la foulée, ma mère, conquise, demande le divorce, mon père adopte l'enfant en lui donnant son nom et il les emporte toutes deux, sans hésiter, au-delà des mers…

Sacré quitte ou double pour ma mère, mais, toute sa vie, elle a été joueuse. J'imagine qu'elle ne devait pas être heureuse avec son premier mari. Peut-être Monique était-elle arrivée un peu tôt dans leur vie – Jeanne n'avait que vingt ans… Une chose est sûre : quand la porte du restaurant s'est ouverte, une bouffée d'Afrique est entrée et son tempérament d'aventurière s'est éveillé. Jeanne et Jean-Raymond se sont reconnus : lui, avait envie d'exotisme ; elle, s'ennuyait. Ils ont tout quitté pour vivre ensemble. Par-delà la Méditerranée, dans ces terres lointaines qu'on appelait les « colonies ».

Mon père a révélé l'Africaine qui sommeillait dans la petite caissière de Libourne ! On le voit sur les photos des albums familiaux, elle semble tellement chez elle dans ces pays-là. Coiffée d'un casque colonial, en jupe de Tergal et chemisier blanc, elle rayonne. L'amour a fait le reste. Mon père avait une immense tendresse pour celle qu'il désignait parfois comme son « petit », se montrant toujours attentionné et protecteur. Presque paternel. Il l'appelait « Jeannette », et j'ai cru longtemps qu'il s'agissait de son vrai prénom. Quant à elle, elle l'a aimé d'un amour profond, doublé d'une indéfectible admiration. Toute mon enfance et, plus tard, lorsque j'ai été adulte, ils m'ont offert le spectacle d'un couple heureux. Dans la construction d'un individu, cela vaut tous les trésors du monde…

## *Un frère turbulent*

Mes parents se marient en 1937 et partent immédiatement pour Madagascar, alors sous administration française, première affectation de mon père. Mon frère Serge y naît un an après. Puis, en 1941, c'est la guerre. Mon père décide prudemment de renvoyer Jeanne, Monique et Serge en métropole. Même si Bordeaux se trouve en zone occupée, ils seront en sécurité à la campagne, chez mes grands-parents : ils ne souffriront pas trop du rationnement alimentaire.

Les trois embarquent à Tananarive. Accoudée au bastingage, corsetée dans une saharienne couleur sable, ma mère ressemble à Katharine Hepburn. Elle sourit à l'objectif de mon père qui fixe l'instant afin de garder sur son cœur la photo de son aimée. Ses yeux semblent lui dire : « Tout ira bien, ne t'inquiète pas... » Elle sait pourtant que la guerre risque de durer encore des mois, des années peut-être, et la perspective d'être séparés les angoisse l'un comme l'autre. Allons, il faut être raisonnable ! « Je vous rejoins dès que je peux ! » crie mon père, au moment où la sirène du navire annonce le départ.

Le bateau longe les côtes africaines, s'engage à Djibouti dans la mer Rouge et fait escale à Alexandrie après avoir remonté le canal de Suez. Rien que de les prononcer, ces noms me font rêver ! À Marseille, ils débarquent dans un port en pleine effervescence. Les quais sont remplis de familles et de militaires encombrés de valises et de malles. Ma mère tient d'une main son sac de voyage, de l'autre mon frère âgé de trois ans, Monique accrochée à sa jupe dans la cohue des gens qui les bousculent. Il faut d'urgence aller récupérer les cantines en fer et les faire acheminer jusqu'au train qui doit les conduire vers Bordeaux. Le voyage est loin d'être terminé.

Le temps de chercher dans son sac les papiers dont elle a besoin pour récupérer ses malles, elle lâche la main de mon frère et l'assied sur le bord du quai : « Ne bouge pas… » Lorsqu'elle se penche de nouveau vers lui, il a disparu. Il a filé sans que Monique, elle non plus, ait rien vu. Il s'est faufilé entre les jambes des uns et des autres et, en quelques secondes, la foule l'a englouti. Affolées, elles laissent là leurs affaires et courent sur le quai en criant son nom.

Le fugueur, de son côté, n'en mène pas large. Après avoir foncé tout droit sur cent mètres, il s'est retourné : il n'a plus vu maman. Les yeux brouillés de larmes, il continue d'avancer. Un couple de Marseillais, alerté par cet enfant seul, se penche vers lui pour le prendre dans les bras, mais il se débat en hurlant et poursuit sa route. Tout d'un coup, il aperçoit un groupe de tirailleurs sénégalais qui discutent près d'un paquebot et va se jeter dans leurs jambes. Il s'agrippe aux mollets du plus grand qui le regarde, surpris, et le soulève du sol.

« Ben alors, petit, où tu vas comme ça ? Elle est où, ta maman ? »

Serge ne répond pas mais s'agrippe de toutes ses forces au cou de son protecteur. Ces gars-là, il les reconnaît : ce sont les mêmes visages qu'il a vus à Madagascar. Ils l'ont gardé, choyé, bercé. Les Noirs sont ses amis !

Quelques minutes plus tard, ma mère surgit. Elle remontait le quai, en demandant à la cantonade si personne n'avait vu un petit enfant, quand elle a aperçu au loin le groupe des tirailleurs avec dans leurs bras Serge souriant, tout à fait rassuré.

Évidemment, cela n'a pas servi de leçon à mon frère : cette aventure a même inauguré une longue série d'âneries aux conséquences plus ou moins graves. Serge aura vraiment fait les quatre cents coups ! On ne savait jamais ce qu'il allait inventer pour se distinguer.

Un jour, à Bordeaux, attendant avec mes parents au restaurant d'être servi – il doit avoir cinq ou six ans –, il descend de sa chaise, marche droit vers la table d'un client à qui on vient juste d'apporter son plat, attrape dans son assiette une belle cuisse de poulet et court la porter à un chien qui attend devant la porte. Le temps que les adultes réagissent, la cuisse est déjà dans la gueule du cabot ! Mon père court vers le chien, la lui arrache des dents et la rapporte à son propriétaire. « Excusez mon fils, il est un peu facétieux. Voici, je vous la rends ! » dit-il. L'homme s'étrangle de fureur : « Vous vous foutez de moi ! Vous pouvez vous la garder, et aussi votre mal élevé de fils ! » crie-t-il. Mes parents, honteux, s'éclipsent des lieux en se confondant en excuses.

Je me souviens que mon père ne pouvait pas raconter cette histoire sans que des larmes de rire lui montent aux yeux. Mais, ce jour-là, Serge fut tout de même puni. Pas trop sévèrement. C'était tellement drôle… Que voulez-vous, il aimait les animaux, ce gosse-là ! Comme en témoigne cet incroyable périple.

Mon frère est dans un compartiment de train avec ma mère. En face d'eux, est assise une dame un peu guindée qui porte un drôle de chapeau à voilette orné de plumes et d'un magnifique oiseau accroché sur le devant. Dès la seconde où mon frère s'est installé sur les genoux de ma mère, il n'a plus quitté le volatile des yeux. Ma mère n'y ayant pas pris garde observe distraitement le paysage, tandis que la dame se met à somnoler. Soudain, Serge se redresse, tend les mains vers la tête de la dame, arrache l'oiseau en tissu pour le balancer par la fenêtre, qu'il puisse prendre son envol. Pas le temps de dire « Oh ! » que le « piou-piou » est déjà loin ! Cette fois, impossible de faire quoi que ce soit. Je vous laisse imaginer l'ambiance jusqu'à la fin du voyage…

Entre 1941 et 1945, l'absence de mon père se fait cruellement sentir : ma mère a du mal à « tenir » son chenapan de fils et Monique, elle aussi, baisse les bras. Lorsqu'il les rejoint en permission depuis l'Afrique, il doit s'atteler à un sacré travail de rattrapage. Un soir, à son tour, il n'en peut plus et décide de lui flanquer une bonne correction. « Viens ici ! » lui crie-t-il. Quand ce géant se met à hurler, les murs tremblent, ce qui a pour effet de faire filer mon frère à l'autre bout de la maison. Mon père lui court derrière et parvient à le coincer dans un angle de sa chambre. Cette fois, plus d'échappatoire. Devant l'impressionnante silhouette en uniforme, Serge, haut comme trois képis, n'en mène pas large. Mais, au moment où il se sent saisi, dans une dernière tentative, il hurle : « VIVE LE MARÉCHAL ! » Le résultat est instantané. Mon père s'arrête net :

« Qu'est-ce que tu dis ?!

– VIVE LE MARÉCHAL ! » répète mon frère qui a dû entendre cette phrase à la radio.

Cette saillie inattendue a raison de la colère paternelle. Il le regarde, ahuri, et éclate de rire. Serge échappe à la raclée ! Jusqu'à la prochaine fois.

Ce n'est qu'à la fin de la guerre, après le débarquement en Provence auquel il participe, que mon père peut rejoindre sa tribu. Tous partent pour Alger où il est muté. Maman est soulagée de ne pas rentrer à Madagascar où des soulèvements ont lieu dans les plantations coloniales. En mars 1947, une manifestation tourne à l'insurrection ; la répression sanglante menée par l'armée française fait des milliers de victimes : c'est un des premiers soubresauts de la lutte pour l'indépendance.

# « *Ma récompense* »

Au-dessus de mon berceau, quatre visages sont penchés. D'abord, celui de mon père qui s'est un peu arrondi avec l'âge. Quand je nais, il a déjà quarante-trois ans. Atteint de calvitie précoce, il ressemble de plus en plus à un boxeur : comme quoi on n'échappe pas à ses premières amours ! Chaque matin, dans la salle de bains, il « gomine » méticuleusement les quelques mèches qui lui restent. Il n'en est pas moins « très bel homme », selon l'expression de ma mère qui le verra toujours avec les yeux de la petite caissière cognaçaise.

Elle a quarante et un ans. Son beau visage semble fatigué. Les années précédentes ont été douloureuses : elle a subi deux fausses couches. Autant dire qu'au moment où je m'invite dans cette famille déjà bien pourvue, personne ne m'espérait plus !

Deux têtes plus petites m'observent avec amusement et une certaine curiosité. Monique est déjà une jeune fille de vingt ans, ravissante, brune et svelte. Elle ressemble beaucoup à ma mère, de même que Serge qui a le teint mat, les traits réguliers et de magnifiques cheveux bouclés. Sur ses photos de classe, c'est lui qu'on remarque en premier et, quand il arrive quelque part, tous les regards des filles convergent vers lui.

Connaissant le caractère de ma mère, jamais elle n'aurait accepté de rester sur un échec... Pour mettre cette fois toutes les chances de son côté, elle est allée « m'attendre » près de Bordeaux, à deux pas d'un hôpital, abandonnant mon père qui, retenu en Algérie, n'a donc pas pu assister à l'accouchement. Dès que j'ai été assez résistant pour supporter le voyage, elle a pris sa valise, le couffin, « sa petite carotte », comme elle disait, eu égard à la couleur de mes premiers cheveux, et elle est rentrée à la maison.

« Ce bébé est une récompense... », ont été les premiers mots de ma mère, bouleversée, en arrivant à Alger. « Ma récompense... » : toute mon enfance, elle m'appellera ainsi. Inconsciemment, hormis quelques sottises mémorables, je crois avoir fait en sorte qu'elle n'ait jamais à regretter ce cadeau tardif que lui offrait la vie.

Un peu dubitatifs, ils contemplent tous les quatre ce bébé potelé à l'étrange tronche de babouin. Heureusement, en grandissant, mon visage s'humanisera, même si je n'atteindrai jamais la beauté de mon grand frère : je le dis en souriant, il y aura toujours chez les fils Leymergie « le beau » et « le rigolo », mais jamais cela ne m'a contrarié, au contraire, j'étais très fier de me promener aux côtés de Serge. J'aurai de plus en plus ce look d'Anglais, un peu roux, le teint pâle, le visage couvert de taches de rousseur. Avec une tête pareille, on peut dire que mes parents ont bien choisi mon prénom : William. Drôle d'idée après Monique et Serge, mais il était de coutume, dans la petite bourgeoisie bordelaise, de donner un prénom anglais à un des membres de la tribu. On trouve ainsi des Wilfried, des James, des Peter… C'est une sorte de snobisme local. Il faut croire que mes parents n'étaient pas si snobs que ça : à la maison, personne ne m'a jamais appelé William… Je suis tout de suite devenu « Willy ».

## *Bougainvillées, jasmin et roses*

De cette période algérienne, qui va de ma naissance à l'âge de quatre ans, j'ai conservé surtout des souvenirs olfactifs, ceux des lauriers et des bougainvillées, ces arbustes roses qui bordent les rues et embaument les parcs. À Alger, il y en a partout, jusque dans notre jardin et à l'intérieur, en bouquets sur la nappe basque du trousseau de mariage de ma mère. Mes parents se sont installés au cœur de la ville, au 14 rue d'El-Biar, dans une grande maison fraîche, surmontée d'une terrasse avec un balcon à balustrades. Au rez-de-chaussée, le salon, la salle à manger et la cuisine ; au premier étage, la chambre parentale, celle de Monique, et une troisième que je partage avec Serge. À l'arrière, une petite cour dont j'ai fait mon domaine pour mes circuits en tricycle, et où je cantonne mes soldats de plomb.

C'est dans cette belle maison que nous reviendrons en 1953 et en 1959, entre les missions que mon père fera en Afrique noire. Une seule fois, les locataires qui occupent les lieux pendant notre absence refuseront de nous laisser la place et nous irons, un temps, camper dans un appartement exigu et excentré. Je reviendrai plus loin sur ces multiples déménagements dont ma mère fut la grande ordonnatrice, car ils ont rythmé mon enfance de façon plus ou moins agréable.

Hormis les effluves des bougainvillées, ma « madeleine » algérienne est l'odeur enivrante du jasmin et de la rose mêlés, le parfum de Khadija, la fatma, notre employée de maison. Chaque matin, elle arrive très tôt chez nous, le corps recouvert d'une large tunique blanche en coton qui lui descend jusqu'aux pieds, à l'époque appelé un « haïk ». Ses cheveux sont cachés et le bas de son visage dissimulé sous une légère mousseline, sorte de foulard souvent brodé qu'elle noue derrière la tête. Il m'arrive d'assister au rituel du dévoilement : elle ôte le vêtement qui la couvre, le plie délicatement et se retrouve en blouse de soie et en sarouel plissé, serré aux chevilles, prête à s'occuper de la maison.

Khadija fait partie intégrante de la famille. Lorsque ma mère s'absente, elle sait qu'elle peut nous laisser sans crainte à cette « nounou » de trente ans, elle-même maman, avec une confiance qu'elle n'a en personne d'autre. Dès qu'elle arrive chez nous, elle nous embrasse, elle nous tutoie tous, et mes parents la tutoient aussi. Elle trouve normal de venir me prendre dans les bras de ma mère : « Donne-le-moi, madame, donne-le-moi ! » dit-elle, et je passe, naturellement, d'un parfum Guerlain à un parfum de rose, une douceur chaude et sucrée qui me rassure.

C'est elle qui range les chambres, prépare les repas et me fait déjeuner. Dans la maison, je peux la suivre à la trace grâce au bruit que font ses bracelets, une mélodie agréable qui accompagne tous ses gestes. Je la revois encore, pieds nus, mains et cheveux teints au henné rouge, passant la serpillière en marche arrière sur le sol dallé. « Tu roules pas ici, hein, Willy ? » me lance-t-elle avec des yeux noirs, quand j'apparais sur mon tricycle dans l'entrée, au moment où elle rince à grande eau. Je n'en reviens pas de voir des seaux d'eau sur les dalles, alors que j'essuie les foudres de mon père si j'ai le malheur de faire tomber quelques gouttes de soda par terre ! « Pousse-toi ! Pousse-toi ! » crie-t-elle. Je ne suis jamais là où il faut…

Khadija repart en milieu d'après-midi s'occuper de sa propre maison et, le soir, c'est maman qui prépare le dîner. On mange du steak frites et du sauté d'agneau, mais surtout de la *chakhchoukha*, une sorte de ratatouille de poivrons et de tomates dans laquelle, lorsqu'elle bout, maman casse des œufs, du couscous, bien sûr, et de la *chorba*, cette délicieuse soupe de mouton et de légumes que Khadija lui a appris à cuisiner. Sans oublier les *bradjs*, de petits losanges à la semoule et aux dattes, les *chebakias* à la cardamome, les cornes de gazelle glacées et les gâteaux aux amandes et au miel. Tous ces plats, ces pâtisseries ont composé ma nourriture de base, ils ont charmé mon odorat et éveillé mes papilles. Aujourd'hui encore, j'en suis friand.

Dès que je peux, j'accompagne les femmes, le jeudi matin, au marché Clauzel. Pour le petit garçon que je suis, le marché est une débauche de couleurs et de cris. Khadija indique à ma mère les meilleurs épiciers mozabites, les légumes à acheter et les épices qui en relèveront le goût. Ma mère suit scrupuleusement ses conseils, tandis que, curieux de tout, je promène mon nez à hauteur des récipients d'huile et d'olives, des sacs en jute de paprika, de semoule ou de safran. Tandis qu'elles choisissent des piments doux, je guette les *yaouleds*, ces enfants des rues à peine plus âgés que moi qui tournent autour de nous. Nos courses terminées, Mohammed, Mehdi ou Youssef se bousculent pour porter les couffins jusqu'à la maison contre quelques pièces de monnaie. Certains connaissent même notre adresse et filent sans nous attendre à l'assaut des escaliers de la rue Drouet-d'Erlon.

Sur le chemin du retour, après une halte chez le poissonnier et le droguiste, il arrive que nous croisions d'autres enfants, assis près d'un carton, brosse et cirage à la main, se grattant les cheveux : « Cirer, m'sieur ? » demandent-ils au passant. Maman voit bien qu'ils m'intriguent. Peut-être me font-ils aussi un peu peur… Elle m'explique qu'ils n'ont sans doute pas la chance, comme moi, d'aller à l'école. Incapable de mesurer cette chance, je les trouve tellement débrouillards et rusés que je n'arrive pas à savoir si je les admire ou si je les plains.

Le grand rituel des jeudis, c'est l'arrêt à la librairie pour acheter *Tintin* ou *Spirou*. « C'est l'un ou l'autre, hein, pas les deux… », me rappelle maman. Et, chaque fois, j'hésite, je corne un peu les journaux pour essayer de voir ce qu'ils contiennent. Le choix du magazine est toujours un grand moment. Je le lirai un peu plus tard en patientant chez le dentiste. Je ne sais toujours pas pourquoi j'y allais chaque semaine ! Mes dents du bonheur ont surtout fait celui du praticien.

Une chose est sûre : où que je sois, je regarde et j'enregistre, les oreilles et les yeux grands ouverts sur le monde. Écouter les adultes est mon sport préféré, et ce qu'ils ne veulent pas me dire, je l'entends malgré eux. À Alger, la fenêtre de ma chambre donne sur la cour de nos voisins et, de là, me parviennent toutes les conversations. Dès mon plus jeune âge, j'absorbe tout comme une éponge et je retiens. À tel point que, lorsque ces voisins viennent prendre l'apéritif chez nous et qu'ils évoquent leur histoire, je ne peux m'empêcher de claironner : « Je sais ! Je sais ! » Ce qui stupéfie mes parents et dérange incontestablement les convives.

Je suis déjà un peu déluré ! Et je bénéficie toujours de l'indulgence de mon père. Mes bêtises le font rire, que voulez-vous. Il faut dire que, pour l'instant, elles ne sont pas bien méchantes, je suis en rodage.

Un jour, je me retrouve avec mon père au mess des officiers, au milieu d'un aréopage de militaires gradés, dont certains très décorés. Mon père m'y emmène souvent avec lui : il aime présenter le petit dernier à ses amis. Du haut de mes trois ans, j'ai l'impression que leurs képis touchent le plafond. J'aperçois aussi de belles médailles qui se balancent tout là-haut sur leur poitrine. C'est étincelant. D'ailleurs, papa en a aussi quelques-unes. Mais en a-t-il *suffisamment* ?

J'attends que tout ce beau monde soit assis et, sans prévenir, je m'approche de chacun des officiers, et leur enlève quelques-unes de leurs décorations pour aller les accrocher sur la poitrine de mon père ! « Non, non, mon grand, ce n'est pas à moi, rends ça aux messieurs ! » dit-il en tentant de m'arrêter. Mais j'insiste, échappant à ses bras, soucieux de lui obéir : « Fais bien tout ce que tu fais… », dit-il à longueur de journée. C'est une phrase qui a bercé toute mon enfance. Tu fermes une porte ? Ne la claque pas. Tu mets le couvert ? Ne jette pas les assiettes sur la table. Là, j'ai à cœur de terminer ce que je fais : il lui faut *toutes* les médailles ! Un cadeau à la mesure de l'amour que j'éprouve pour lui.

Mon père est officier d'état-major de la Défense nationale. Sa formation d'ingénieur lui confère la charge des matériels et des bâtiments de l'armée. Bien évidemment, je suis trop jeune pour comprendre son travail, mais je me souviens de lui rentrant à la maison, fulminant :

« Ces militaires, quelle bande de cons ! »

Je n'en reviens pas :

« Mais, papa, toi aussi, tu es militaire !

– Ben oui, c'est pour ça, je sais de quoi je parle ! » me dit-il, amusé par ma repartie.

Je crois que la rigidité de l'armée l'exaspérait, lui qui ne manquait pas de fantaisie, d'imagination, voire de poésie, et qu'il détestait quand le règlement prévalait sur le raisonnement. Il était tout sauf un « va-t-en-guerre » : jamais je ne l'ai vu armé, ni au bureau ni chez nous. De tempérament sanguin, il devait être exigeant avec ses collègues : il y avait des accrochages. Nous-mêmes avons souffert de ses cataclysmes intérieurs ! Dans ses moments d'éruption volcanique, il fallait se faire tout petit, y compris ma mère, et attendre que la colère passe. Elle finissait toujours par s'épuiser d'elle-même.

En attendant d'entrer en maternelle, Serge est mon principal compagnon de jeu, il a encore l'âge – plus pour longtemps – de rouler dans l'herbe avec moi et de sortir mes jouets de la caisse pour les étaler dans la cour. Il a beau faire le dur, il aime bien installer mon aire de jeu, placer mes soldats en ordre de bataille, les petits panneaux indicateurs, le garage Esso et ma ferme avec tous les animaux. Et lorsque je perturbe son organisation, il s'énerve : « Mais non, Willy, tu ne peux pas mettre les cochons dans l'étable, voyons, réfléchis ! Et pourquoi mets-tu des poules devant la pompe à essence ?! » Quand j'en ai assez, je laisse tout en plan – après tout, il n'a qu'à ranger s'il sait mieux que moi – et je me rue sur mon tricycle rouge, mon défouloir. Sur cet engin, je deviens puissant et je fonce à toute allure dans la cour, corps collé à la machine, tête enfoncée dans les épaules, yeux à demi fermés. Assise sur l'escalier, maman nous observe en lissant son grand chignon du plat de la main. Comme mon père, elle n'aime pas qu'une mèche dépasse. Lorsqu'ils sont dénoués, ses longs cheveux noirs lui tombent jusqu'au bas des reins. Je me souviens de ma stupeur, le matin où je l'ai vue décoiffée à sa table de toilette. Impression étrange : c'était bien elle mais en plus jeune, comme une autre grande sœur.

Elle ne me donnera pas souvent l'occasion de la surprendre au saut du lit. En règle générale, ma mère est toujours tirée à quatre épingles, maquillée, coiffée, et en escarpins, même à la maison. Et elle ne sort jamais sans chapeau. Les « bibis », son dressing en est plein, et de toutes les formes. Chaque semaine, elle rend visite à sa modiste près de l'église Saint-Charles, et elle m'emmène avec elle. J'en ai passé des heures dans ce gynécée, ce salon-bonbonnière, assis sur un fauteuil Louis XV, seul garçon au milieu de dames qui patientent avant l'essayage. Elles parlent, parlent et je finis par fermer les yeux, bercé par ce bourdonnement animé. Jusqu'au moment où une dame appelle notre nom et où je dégringole de ma chaise pour accompagner ma mère devant le grand miroir.

En un tournemain, elle change de visage et devient Greta Garbo en chapeau cloche, Michèle Morgan en béret marron glacé, Vivien Leigh en amazone de feutre, ou simple catherinette en capeline fleurie. J'adorerais en essayer un, juste pour rire, mais la modiste qui manipule chacune de ses créations comme une coupe de cristal m'a à l'œil. Pas de menottes sales sur ses œuvres d'art !

Ma mère choisit invariablement le chapeau le plus sobre, celui qui dégage son front et fait ressortir son regard bleu.

Mon père est revenu plus tôt ce soir-là et j'ai abandonné mon tricycle pour courir vers lui. Lorsqu'il m'a pris dans ses bras, j'ai senti sous mes mains le tissu un peu rêche de son uniforme. « Bonne journée, ma caille ? » m'a-t-il dit en me mangeant de baisers. Il m'a toujours appelé ainsi, je ne sais pas pourquoi, même si en grandissant ce sobriquet est devenu un peu ridicule. Puis il est entré dans la maison et, du jardin, je l'ai entendu parler avec maman. « Ah bon ? » s'est-elle exclamée. J'ai tendu l'oreille. Il avait l'air content, elle, moins : « S'il n'y avait pas le déménagement, je serais ravie, tu le sais bien… », a-t-elle soupiré. Je n'ai pas tout saisi de leur conversation, mais j'ai compris que nous allions bientôt partir. Papa nous le confirme au dîner, en ménageant son effet :

« Mes enfants, j'ai une grande nouvelle à vous annoncer, vous allez être contents ! Alors, vous ne devinez pas ?… Nous partons vivre en Afrique noire ! »

Petit, il y a des mots qui marquent. « Afrique noire » a résonné de façon menaçante dans ma tête. J'ai tout de suite vu des serpents, des scorpions, une jungle poisseuse et inhospitalière. Mais lorsque ma mère m'a expliqué que notre maison serait en ville, j'ai été rassuré.

La savane, la brousse, ce serait pour plus tard. Pour l'instant, nous partions à Dakar. Dakar, au Sénégal.

## *Le Plateau*

Ma première impression du Sénégal est une intense sensation d'étuve, il y a dans l'air comme une odeur de bois brûlé. Ma peau brûle, elle aussi, et elle paraît incongrue dans ce paysage ! Mes copains m'ont surnommé « Rascasse » parce que, après cinq minutes au soleil, je deviens écarlate. Mon visage, mes bras se couvrent de taches de rousseur : je bronze en pointillé. Je collectionne les coups de soleil, j'ai le nez qui pèle en permanence, sans que cela émeuve mon entourage. Dans les années 1950, les magazines féminins ne vous alertent pas, comme ils le font aujourd'hui, sur les dangers des ultraviolets et ma mère fera l'impasse sur les crèmes protectrices durant toute mon enfance. Au mieux, on porte un chapeau et on reste à l'ombre quand ça cogne trop, mais rien de plus. C'est ainsi que ma peau s'est repue de rayons au point que j'ai épuisé mon « capital soleil », comme on dit aujourd'hui. Je me suis même ruiné !

Le quartier de Dakar où nous habitons, et qui est majoritairement occupé par des fonctionnaires civils et militaires, s'appelle le Plateau. Ici, toutes les maisons sont alignées et identiques, d'architecture modeste, avec un flamboyant planté devant chacune d'elles. De la fenêtre de ma chambre, j'ai vue sur cet arbre majestueux, incroyablement coloré à sa floraison et dont on a peint le tronc en blanc jusqu'au tiers de sa hauteur, pour éviter que les insectes ne le rongent et l'abîment. À trois cents mètres de là, se trouve la caserne du 6e régiment d'artillerie coloniale où mon commandant de père a son bureau.

C'est mon frère qui a été déçu lorsque maman a désigné à chacun la chambre qu'il occuperait :

« Ici, celle de papa et moi, là, celle de Monique, et la plus grande pour Serge et Willy. Vous êtes contents ?

– Quoi ! a rugi mon frère, je vais encore me le coltiner ? »

Hé oui, frérot… La maison est spacieuse, comme celle d'Alger, mais nos parents en ont décidé ainsi. Serge aimerait bien avoir son propre espace et, à treize ans, on peut le comprendre. Mais mon père compte sur lui pour me surveiller, ignorant (délibérément ?) qu'il n'y a pas de pire complice que Serge pour mes bêtises !

À Dakar, ce sont deux boys qui aident à la maison, Diallo et Youssouf. À 7 heures du matin, ils viennent me sortir du lit. « Allez, debout, Willy ! » C'est la voix grave de Diallo qui tente de me réveiller, à la fois tendre et impérieuse. Il me prend dans ses bras et je sens sa peau douce, glabre et un peu rugueuse à certains endroits. Au début, ses longues jambes maigres m'impressionnent mais, au fil des mois, il devient mon ange gardien comme les tirailleurs sénégalais ont été ceux de Serge quand il s'est perdu sur le quai de Marseille. C'est lui qui m'accompagne au point de rendez-vous pour partir à l'école, portant mon minuscule cartable dans sa main gigantesque.

À l'étage inférieur, ma mère est en train de préparer le petit déjeuner dans la cuisine. L'école m'attend mais je ne suis pas pressé, même si la journée commence par une jolie promenade. Un *carricolo*, une carriole tirée par un cheval et menée par un des boys du Plateau, nous conduit, mes camarades et moi, à l'Institution Sainte-Jeanne-d'Arc, une école privée tenue par des religieuses. Et il revient nous chercher le soir.

Cette année, j'entre en primaire et, déjà, je ne brille pas par mes résultats et mon comportement. Je ne me sens pas bien en classe, j'ai peur – je me revois trembler devant mes premières additions, sans savoir que faire. Alors, je me dissipe. Dieu sait quelle bêtise j'ai dû faire pour être privé de sortie jusqu'à la fin de l'année ! La punition aurait dû me marquer : même pas. En revanche, je me souviens très bien du spectacle de fin d'année, dont le thème était « Les animaux de la ferme ». J'y ai trouvé tout de suite ma place. Au moment du casting, j'ai produit de tels grognements, déclenché de tels rires, que la maîtresse m'a attribué d'office le « rôle » du cochon ! J'ai cinq ans et, je ne le sais pas encore, j'entame à Dakar le début d'une longue carrière de « comique de la classe »…

Diallo, c'est mon grand copain. Il m'apprend à fabriquer un tas d'objets, comme mon premier lance-pierre. Un jour, il me montre un truc incroyable ! Retroussant la jambe de son pantalon, du doigt il m'indique quelque chose qui bouge sous sa peau : « Regarde, c'est un ver… », dit-il en roulant des yeux. Curieux, je m'approche, j'avance timidement la main vers sa cuisse et « ce machin » bizarre qui palpite dans sa chair. « Attention ! C'est un serpent ! » crie Diallo en se relevant d'un coup. Je pousse un hurlement et il me serre dans ses bras en éclatant d'un long rire grave : « Ah, petit Willy, n'aie pas peur, je plaisante », répète-t-il, heureux de sa bonne blague. Après ça, je lui demande sans cesse de me montrer sa jambe pour avoir le plaisir de faire mine de hurler de peur et qu'on se roule par terre ensemble. Jusqu'au jour où mon père apprend l'existence du parasite, un ver de Cayor. Il conduit Diallo chez le docteur et l'affaire est promptement réglée. Exit le serpent. J'en suis soulagé pour notre boy, mais dieu que je regrette notre jeu complice !

Un soir, Diallo est dans notre chambre et nous aide à ranger notre bazar, lorsqu'un air de jazz envahit soudain la maison. C'est Monique qui écoute ses disques et profite de l'absence des parents pour tourner à fond le bouton du volume. Tandis qu'on se bouche les oreilles, Diallo commence à se dandiner, il envoie valser ses chaussures et esquisse des pas de danse. Sur cette musique de jazz, il improvise une danse tribale, levant haut les jambes et lançant la tête en avant comme s'il se battait contre un ennemi imaginaire. Serge et moi le regardons, fascinés. C'est étrange de le voir ainsi, presque en transe. Intriguée de ne plus nous entendre, Monique arrive dans la chambre et Diallo s'arrête instantanément. « Vas-y, danse, danse ! » lui crié-je. Non, le spectacle est fini. J'ignore pourquoi, peut-être par pudeur, il n'a jamais voulu danser devant ma sœur.

Si, à Alger, j'étais trop petit pour saisir les différences qu'il pouvait y avoir entre la vie de mes parents dans la communauté française et celle des autochtones, ici elles sont plus nettes. Je comprends que j'appartiens à la tribu des « gens clairs » et que les Noirs font partie de la tribu locale. Je vois bien que tous mes copains de classe sont blancs, hormis ceux du seul officier supérieur noir de l'escadron. Les Noirs, je les croise dans les rues de Dakar, sur les marchés, dans les magasins et, bien sûr, chez nous, en la personne des boys qui partagent notre vie. Mais on ne les côtoie pas vraiment, disons qu'on ne se « mélange » pas. La plupart des Noirs sont de condition modeste, et ils n'envoient pas leurs enfants dans des écoles payantes, catholiques de surcroît. C'est l'Afrique occidentale française, l'Afrique « coloniale ». Je sais ce que ce mot peut évoquer dans l'esprit de beaucoup. Mais la vraie cassure qui sépare les individus n'est pas tant leur couleur de peau ou leur religion que la classe sociale : les Noirs de la classe supérieure fréquentent les Blancs aisés et les pauvres restent entre eux. Je le réalise sans être encore capable de mettre des mots sur ce que je vois.

Trop jeune à l'époque pour avoir une conscience politique, je m'en tiendrai à ce que j'ai vécu dans ma propre maison. Même si l'administration française est souveraine sur le territoire, mes parents n'oublient jamais que les Sénégalais sont chez eux. Certes, leurs rapports sont ceux de patrons à employés, mais pas de maîtres à esclaves, et je ne me souviens pas qu'ils aient eu à l'égard des boys une attitude méprisante. Maman ne manque pas de consulter et d'écouter Diallo lorsqu'il s'agit d'organiser le jardin, la cuisine, la vie domestique et, quand Youssouf l'accompagne dans un magasin de tissu, elle en rapporte aussi pour lui et lui propose souvent d'en acheter pour sa femme. Elle ne fait pas de différence avec les boys au motif qu'ils sont là pour nous servir. Ce n'est pas le genre de la maison. Quant à mon père, il aime trop l'Afrique pour maltraiter ses habitants.

## *Un pays brûlant*

En Afrique, c'est la chaleur qui rythme les activités, on s'y adapte, puis on s'y habitue. Comme manger chaud la petite friture de poisson, le *maffé* de poulet, ou le *thieboudienne*, sous une canicule permanente où l'air nous manque, même à l'ombre. Avec mes copains, nous faisons souvent des pique-niques sous la tente, dans l'un des jardins de nos maisons. La tente consiste en quatre piquets plantés dans le sol avec, en guise de toit, une couverture épaisse telle que les nomades en utilisent pour se protéger du soleil. À l'heure du déjeuner, le front dégoulinant de sueur, la chemisette collée à la peau, on se regroupe autour de Youssouf qui fait cuire des petites brochettes de viande sur des *canouns*, ces fours à charbon. Mon premier pique-nique à Dakar, je ne l'ai pas oublié : ce jour-là, maman a remplacé définitivement ma culotte bouffante par un vrai short de garçon. Il n'y a pas plus fier que moi !

Ici, les balades sont surtout des occasions de se rafraîchir. Ainsi, le dimanche, nous partons dès le matin passer la journée à la plage de N'gor. Maman a préparé une grande salade et rempli la glacière de fruits et de boissons. Dès que nous arrivons sur le parking dans notre 4 CV grenat, une nuée d'enfants se précipite vers nous. « Attention ! » doit crier mon père pour ne pas écraser une paire de jambes. Comme à Alger, les *yaouleds* de Dakar ont à peu près mon âge, et je les observe du coin de l'œil, impressionné. C'est le plus rapide ou le plus inconscient d'entre eux qui remporte la mise en posant ses mains sur la voiture à peine stationnée. « Donne l'argent, c'est moi qui garde », dit un petit de sept ou huit ans en fixant mon père droit dans les yeux. Deux pièces de cinquante centimes passent de la poche paternelle dans la menotte du gamin. Notre conducteur peut respirer : son automobile est entre de bonnes mains.

Ses voitures, essentiellement des Peugeot, hormis ici à Dakar, il les a toujours bichonnées. « Attention à vos pieds ! » nous lance-t-il chaque fois qu'on y monte. Il passe son temps à enduire la carrosserie d'une crème blanche avant de l'astiquer à grands gestes. Il traite l'engin comme un animal de compagnie et c'est tout juste, quand il fait frais, s'il ne jette pas une couverture dessus, ainsi qu'on le ferait pour un pur-sang… Et malheur à nous si on le brutalise. « Qu'est-ce qu'elle t'a fait, cette portière ? » crie-t-il si je la claque un peu fort. Souvent, alors que nous sommes en train de rouler, il baisse la radio et tend l'oreille : « C'est quoi, ce bruit ? » Tout le monde se tait. « Je n'entends rien... », dit maman, sans vraiment y prêter attention. « Mais si ! » Serge hausse les épaules et se replonge dans son magazine. Cette manie du « petit bruit » m'horripile mais, adulte, je reconnais en avoir hérité !

Toute la journée, je me baigne, je cours sur la plage et je chahute avec mon frère. Sous un parasol de paille, mon père lit le journal, presque immobile, évitant le moindre mouvement sous la canicule. Ce vieux colonial la supporte difficilement, souvent il s'évente avec son chapeau, à la recherche d'un courant d'air. Le soir, il plaque sur son cou une serviette torsadée remplie de glaçons. Mais ma mère, impassible, nous observe derrière ses lunettes noires, elle semble traverser cette fournaise avec une fraîcheur de rose.

Lorsque le ciel se teinte d'orangé, nous rangeons les affaires et allons voir les pirogues qui rentrent de la pêche. J'ai encore dans les narines l'odeur puissante des poissons posés sur des lits d'algues et sur lesquels les pêcheurs versent du gros sel en s'apostrophant comme s'ils s'engueulaient. Ne comprenant pas leur langue, je ne sais jamais s'ils se disputent ou s'ils plaisantent. Visiblement, la pêche a été bonne, tout va bien.

Lorsqu'on revient, notre gardien est toujours là, assis dans la poussière, à l'ombre d'une roue. Dès qu'il nous aperçoit, il s'envole. « Dépêchons-nous, je ne veux pas être coincé à Rufisque… » : cette phrase de mon père, je l'entends à chaque retour de la plage. Rufisque, que nous devons traverser pour rentrer chez nous, se situe dans la banlieue sud de Dakar. De loin, on aperçoit l'entrée de la rue principale et une masse mouvante et colorée. Trop tard ! Il devra rouler au pas dans cette rue grouillante de monde qui me rappelle le grand marché d'Alger. J'ai l'impression qu'ici, le safran, le curry et le curcuma ont éclaboussé le boubou des femmes…

Au plafond de notre cuisine, les pales du ventilateur brassent un air dense, on étouffe encore. Si nous ne sommes pas rentrés trop tard, mon père m'emmènera faire un tour au port, histoire de capter un peu de fraîcheur avant qu'on aille se coucher. Diallo me fait d'abord prendre un bain, me coiffe comme un enfant sage que je ne suis pas, la raie bien droite sur le côté, un coup d'eau de Cologne, et je cours rejoindre mon père. Déjà, il m'attend près de sa 4 CV, ôtant d'un coup de chiffon les dernières traces de sable. Lui aussi s'est changé, il a troqué sa saharienne pour un polo et un pantalon en lin. Dehors, l'atmosphère est lourde, exhalant les senteurs des jardins alentour. La nuit est tombée, on n'a pas encore allumé les réverbères de la rue, et j'imagine les insectes tapis dans l'ombre, attendant de se ruer sur les lampes. Nous récupérons Frédéric, mon copain-voisin, et en route pour le port !

J'aime cet endroit où les lampes au sodium diffusent un éclairage plus orangé que celui de la ville, et où l'eau s'empourpre autour des bateaux comme si elle allait les incendier. Et j'adore ces moments passés avec mon père, ma main glissée dans la sienne, à l'écouter nous parler des bateaux ou commenter les activités des dockers sur le quai. C'est l'heure où je peux lui poser des questions, et je ne m'en prive pas : « Et pourquoi les lampes sont-elles orange ? Et le sodium, c'est quoi ? Et comment ça marche ?… »

Une demi-heure plus tard, nous rentrons pour ne pas faire attendre ma mère qui doit avoir dressé la table. À l'arrière de la voiture, Frédéric et moi entonnons l'hymne du retour : « Une lumière, il fait nuit ! Une lumière, il fait nuit ! » C'est chaque fois la même rengaine un peu niaise, que nous hurlons sans ménagement pour les oreilles de mon père. Curieusement, il ne semble pas s'en lasser.

## *Les malheurs de Monique*

Les soirs où la chaleur a été trop forte, je bâille devant mon assiette, et je rejoindrais bien ma chambre, mais, chez nous, on ne quitte pas la table sans permission et sans avoir terminé son repas. La règle est stricte et, paradoxalement, quand chez les autres je vois qu'on se lève pour un oui pour un non, sans que personne intervienne, cette débandade me gêne. J'ai besoin de règles et d'une autorité qui me cadre. Je termine donc mon dîner, paupières mi-closes, bercé par les « nouvelles » qui sortent de notre Pathé-Marconi. La radio qui trône sur le buffet de la salle à manger, allumée par mon père, comme tous les soirs.

Chez nous, elle fait office de convive supplémentaire et, lorsque nous reviendrons en Algérie au moment le plus dur de la guerre, elle sera même la seule à « parler » à table. Pas une journée ne passe sans que nous écoutions les informations. Et silence obligatoire. Je revois encore les petites lumières vertes et le curseur qui se déplace sur les fréquences lorsque je tourne la mollette de notre appareil, en essayant de lire le nom de villes qui me sont inconnues : Strasbourg, Düsseldorf, Prague, Lisbonne… En deux coups, je fais surgir des voix étrangères qui me font voyager sans que je sache trop dans quel pays.

Puis mon père me prend dans ses bras et m'emmène au lit. Il monte l'escalier qui conduit à ma chambre, et je voudrais que cette ascension ne finisse jamais… Parfois, je fais même semblant de somnoler pour être sûr qu'il me portera : ce rituel se prolongera longtemps, quand je serai déjà grand. Puis, assis près de moi, il me raconte une courte histoire. Courte, car je m'endors aussitôt la tête posée sur l'oreiller.

Un régime de faveur dû à ma position dans la fratrie et que me rappellera ma sœur, bien des années plus tard, lorsque je serai étudiant à Paris, au détour d'une remarque anodine : « Tu sais, Willy, tu étais le roi quand tu étais petit, mais ça ne va pas continuer toute ta vie, hein ? » Un peu de jalousie ? Je reconnais cependant bien volontiers que, comparé à elle, Serge et moi avons joui d'une grande liberté…

Le fait est que mon père était bien plus sévère avec Monique : « Il m'aimait beaucoup, c'est sûr, dit-elle, mais je ne pouvais jamais sortir. Parce que j'étais une fille, je suppose… » Dans les années 1950, la libération des mœurs n'était pas à l'ordre du jour et mon père appliquait une éducation à l'ancienne. Ma sœur se trouvait réduite à me servir de baby-sitter lorsque mes parents sortaient. Elle aurait préféré sortir avec ses copines, mais elle était dévolue à ce rôle et elle s'y soumettait de plus ou moins bon gré.

Un épisode de notre vie familiale m'a particulièrement marqué, parce qu'il est emblématique de la rigueur paternelle à son endroit.

Une fois par an, le navire-école de la Marine française, le célèbre *Jeanne d'Arc*, vient mouiller à Dakar, on l'appelle la *Jeanne*. À bord du bateau, se trouvent les jeunes militaires issus de l'école navale de Bordeaux. Cette escale, c'est un événement, et une grande réception est organisée en son honneur, suivie d'un bal où les officiers se rendent avec leurs épouses et leurs filles, quand celles-ci sont en âge d'y aller. Ce qui est assurément le cas de Monique : elle a vingt ans. Sans doute en rêve-t-elle : l'accostage de la *Jeanne*, elle l'attend comme toutes ses amies depuis des semaines, et elle a déjà choisi dans son armoire la robe longue qu'elle portera, décolletée juste ce qu'il faut. Elle s'imagine valsant au bras d'un beau marin en uniforme.

Ce soir-là, comme souvent, j'ai regardé ma mère finir de se préparer. Elle a opté pour une longue robe fluide en tulle couleur saumon, avec un bustier couvert de minuscules pierres brillantes. J'ai poussé un sifflement admiratif :

« Ce sont des diamants ?

– Mais non, tu es bête, tu imagines le prix de la robe ! Ce sont des strass, des petits bouts de verre… »

C'est de cette époque que date mon intérêt pour les vêtements et les beaux tissus. J'aurais peut-être pu devenir couturier, comme Christian Lacroix, dont la vocation a été inspirée par le raffinement vestimentaire des femmes de sa famille. Le regard de ma mère, quand elle se lève et qu'elle tournoie devant moi, ne cherche-t-il pas mon approbation ?

Un coup de laque sur sa coiffure, et la voici prête. Dernière touche avant qu'elle ne sorte : quelques gouttes d'Heure Bleue, son essence de Guerlain, qu'elle vaporise dans son cou et au creux des poignets. Mon enfance aura été marquée par les odeurs, notamment le parfum capiteux de ma mère et ces effluves de laque qui imprègnent la maison longtemps après son départ.

Avant de quitter la chambre, elle fait glisser ses gants satinés sur ses bras nus. Avec mon père en nœud papillon, spencer blanc et pantalon noir, c'est vrai qu'ils sont beaux tous les deux. J'aimerais tant y assister, moi aussi, à ce bal.

« Raymond, il faut y aller maintenant ! » lance-t-elle à l'adresse de mon père.

Mais, au moment où elle se penche pour me dire au revoir, des hurlements montent du salon. Son visage se crispe : elle comprend en un instant le drame qui se joue en bas. Mon père est en train d'anéantir les derniers espoirs de ma sœur. « Non, non, ma fille, tu n'iras pas danser », dit une vieille chanson. Elle le vit une nouvelle fois à ses dépens. Monique pleure et remonte dans sa chambre en courant. La porte claque. Je me retourne vers ma mère et je vois sa tristesse.

Elle ne s'opposera pas à l'autorité paternelle. « Monique est encore trop jeune pour nous accompagner à ce bal, un point c'est tout ! » a-t-il décrété. Il ne détesterait pourtant pas qu'elle épouse un de ces jeunes lieutenants qui ont tant de succès dans ces soirées.

Dans ces années d'après-guerre, il était courant que les jeunes filles se marient avant l'âge de vingt-cinq ans, mais je soupçonne Monique de s'être particulièrement hâtée de trouver un époux – un jeune ingénieur – pour quitter la maison.

Ce qui se passera quelques années plus tard, lors de notre retour à Alger.

Et c'est ainsi que je me retrouve corseté dans un costume de page, tout de blanc vêtu jusqu'aux gants au crochet, la mèche blonde bien lissée en arrière, agrippé à une petite brunette au turban rose. Je suis le garçon d'honneur d'une Monique qui, sous son voile blanc et dans sa robe de dentelle, a toutes les raisons de sourire en entrant dans l'église au bras de notre père. Je n'ai d'yeux que pour ma cavalière, je l'embrasse, et n'arrête pas de soulever sa robe. Pourquoi une telle curiosité ? Je ne m'en rappelle pas, et je n'ai même pas le souvenir d'une gifle que j'aurais pourtant bien méritée ce jour-là…

## *Vacances dans le Bordelais*

Des gifles, je n'en ai pas reçu souvent dans mon enfance. Jamais mon père n'a levé la main sur moi. S'il m'avait donné ne serait-ce qu'un coup de pied dans les fesses, avec ses quatre-vingt-quinze kilos, j'aurais giclé à l'autre bout de la maison et il n'en aurait pas dormi pendant une semaine ! Je suis le petit dernier, celui à qui on passe tout. Même Serge est d'une infinie patience avec le bébé de la famille, lorsque nous jouons ensemble.

Mon père, lui, ne partage pas mes jeux. À presque cinquante ans, il se sent trop vieux pour faire du vélo, du volley ou un tennis. Moi, ça ne me gêne pas, même si je me suis rendu compte assez tôt de cette différence avec les pères de mes copains. Mais peut-être est-ce pour pallier cette carence qu'il me couvre de baisers et de cadeaux. Je ne fais pas partie de ces adultes qui, petits, tremblaient en entendant la clé tourner dans la serrure. Bien au contraire. Chaque soir, je me précipite vers lui car il a souvent une babiole, une belle écorce d'arbre, un caillou à la forme singulière qui iront trôner sur l'étagère de mon cosy. En Algérie, après chaque tournée d'inspection dans le bled, il me rapporte une petite boîte que je reconnais instantanément : « Tu es passé au magasin de M. Bissonnet ! » La boîte rectangulaire, c'est l'emballage d'une nouvelle Dinky Toys, mes voitures préférées.

Ce qui rend heureux dans l'enfance est indélébile et vous habite définitivement. Je suis le produit de ce que j'ai vécu, et si je continue par exemple aujourd'hui d'aller au cinéma plusieurs fois par semaine, c'est que mes premiers souvenirs d'enfance y sont associés. Comme les sons échappés du poste de radio, les images sur la toile ont exercé sur moi un envoûtement durable. Pas une semaine ne passe sans que mes parents nous emmènent au Rialto, un cinéma à ciel ouvert, entouré de colonnades et d'arceaux, une architecture qui rappelle l'ancienne piscine Deligny. J'y vais le mercredi soir, lorsque je n'ai pas classe le lendemain. Je ne comprends pas grand-chose à ces histoires d'adultes, mais j'adore l'ambiance qui règne dans la salle : deux cent cinquante personnes piaffant dans l'attente du spectacle. Bientôt, les rires des spectateurs me bercent et je finis par m'endormir sur les genoux de ma mère. J'ai raté ainsi un nombre impressionnant de fins mémorables. Mais les visages de Gina Lollobrigida, Michèle Morgan, Jean Gabin, Viviane Romance ou Jules Berry, je ne les ai pas oubliés. Ou encore Dominique Wilms, une blonde à frange qui, dans *La Môme vert-de-gris*, porte ses cheveux rejetés du même côté. Et, dans le même film, Eddy Constantine entouré de belles « pépées ». Il me plaisait bien, ce Lemmy Caution, avec ses mines de caïd, ses épaules encore plus larges que celles de mon père et son accent « chewing-gum américain ».

Le mois de juillet a commencé à Dakar et la chaleur est insupportable. Jusqu'à 39° à l'ombre. « Je n'en peux plus, il fait trop chaud… », soupire mon père, transpirant dans ses chemises militaires et ses pantalons longs. Dans quelques jours, après la cérémonie du 14 Juillet où il défilera comme chaque année, nous ferons nos valises. La coupure des vacances d'été est l'occasion pour nous de rejoindre la France. Ma mère tient à rendre visite à ses oncles, tantes, cousins du Bordelais et, surtout, à sa sœur adorée qui vit en Vendée.

La France, pour moi, c'est une forme d'exotisme. Dans ces familles que nous allons saluer, je vois bien, en écoutant les adultes discuter, à quel point notre vie est différente de la leur. Mais il n'y a pas d'enfant de mon âge auprès de qui je pourrais me faire mousser en racontant l'Afrique, Dakar, mes jeux là-bas. Ces visites obligées sont un peu lourdes pour moi, mes parents en ont conscience, mais l'idée ne leur viendrait pas de m'envoyer en colonie de vacances, par exemple. Non, ils ne veulent pas se séparer de leur progéniture. Je ne m'en plains pas, leur tendresse et leurs attentions comblent l'ennui. Et, comme mon passe-temps favori est d'examiner la tête des gens pour mieux les imiter par la suite et faire rire mon père, je m'accommode de la situation.

Lui aussi s'ennuie ferme, mais si cela fait plaisir à ma mère… Or, comme il ne sait pas faire semblant, il fait la gueule. Et ma mère elle-même commence à se sentir à l'étroit en métropole. Depuis que nous séjournons en Afrique, elle la trouve « très étriquée et refermée sur elle-même ». Souvent, elle dit s'être tellement enrichie au contact de tous ces gens différents qu'elle a croisés que, pour rien au monde, elle ne reviendrait vivre en France.

Moi non plus, je n'aimerais pas y vivre. J'ai bien compris pourtant, en saisissant quelques bribes de conversation entre mes parents, qu'« un jour » nous viendrons nous y installer et que c'est à Paris que je poursuivrai mes études supérieures. Il nous faudra rentrer. Rentrer ? Ce mot résonne étrangement en moi. Rentrer où ? De quel pays suis-je ? Certes, je suis né à Libourne, mais je n'y ai passé que quelques jours. C'est une chose d'être né quelque part, c'en est une autre de se sentir chez soi.

Cette année, exceptionnellement, nous partons en vacances à Bordeaux sans maman. Elle doit nous rejoindre plus tard, après avoir aménagé l'appartement où nous habiterons à la rentrée de septembre. Mon père et moi embarquons sur un Constellation, un avion à quatre hélices. En son absence, il s'est s'occupé de moi et le résultat laisse à désirer ! Il a voulu bien faire en m'achetant un élégant short gris et une chemisette blanche, mais le short est trop court, il me serre les cuisses. Et pourquoi m'a-t-il enfilé ces socquettes blanches de fille ? C'est ridicule.

Non, vraiment, je ne me sens pas à mon aise. Pour parachever le tout, lui et moi sommes malades comme des chiens, rendant tripes et boyaux, à cause d'un orage au-dessus du Sahara qui fait subir à l'avion les pires turbulences. Dans la carlingue, les hôtesses, tout sourire, nous tendent des poches en papier kraft et remportent celles que nous remplissons, un peu honteux, dans un ballet élégant. Entre deux hoquets, je les regarde, admiratif :

« Mais comment font-elles pour ne pas être malades ?

– Je ne sais pas, mon petit, je ne sais pas… », me répond mon père, le visage de plus en plus vert. Il ressemble aux lézards qui courent entre les pierres à Dakar.

Premier choc en débarquant sur le tarmac : une épouvantable odeur de kérosène. « Beurk, ça sent mauvais la France… », dis-je à mon père. Il rit et me colle un mouchoir sur le nez. Ensuite, nous roulons en taxi le long des larges avenues. Comme tout, ici, me semble sale et triste ! Bien avant qu'un maire de Bordeaux décide de nettoyer la ville, elle était connue pour la noirceur de ses édifices et de ses rues. J'ai envie de repartir tout de suite : c'est tellement sombre comparé à Dakar la colorée ou Alger la blanche. Même le soleil semble fade.

« Qu'est-ce que c'est moche ici, papa… »

Il me rappelle à l'ordre :

« Willy, tu arrêtes ! »

Il n'en pense pas moins, mais ne tient pas à paraître méprisant et à s'attirer des réflexions de la famille, du genre : « Pour qui se prennent-ils, ces exilés ? » D'autant qu'ils se trompent. Si leur ville est sinistre, je ne déteste pas leurs vignes à perte de vue, leurs prairies comme dans mon livre de géographie, les grands arbres bien alignés, les fleuves verts et leurs ponts si modernes.

Ensuite, avant de rentrer en Afrique, nous faisons, comme chaque été, escale à Châtel-Guyon, pour accompagner mon père en cure thermale. Pendant une dizaine de jours, « nous prenons les eaux », comme il dit. Nous sommes installés dans un hôtel gigantesque, aseptisé comme un hôpital, où nous avalons des litres de bouillon de légumes et d'eau minérale, servis par des hôtesses en robe noire sous le genou et tablier blanc. La population de curistes y est plutôt âgée. Drôle d'endroit ! Quand j'y repense aujourd'hui, je vois un décor de film, peut-être parce que, dans ces grands hôtels qui datent du début du siècle, il règne une atmosphère désuète, compassée, et qu'on pourrait croire que toutes ces vieilles personnes qui déambulent en peignoir blanc sont d'anciennes stars de cinéma, dont on prendrait encore soin en souvenir de leur gloire passée.

Pas très glamour comme vacances, surtout pour mon frère qui préférerait passer ses journées à la plage et ses soirées en boîte de nuit. Au lieu de ça, il se voit obligé de jouer au tennis, au baby-foot, au billard japonais avec son cadet. Maman, elle, nous a rejoints et a retrouvé des copines de bridge.

La cure terminée, nous n'avons qu'une hâte : rentrer chez nous à Dakar. Peut-être y retrouverai-je les copains qui ne sont pas partis en vacances pour profiter, une dernière fois, de cette ville que j'adore. Avant de gagner Alger et l'appartement que maman aura retenu, puis une nouvelle école, un nouveau maître, de nouveaux amis.

Une nouvelle vie.

# *« Appelle Bedel ! »*

En vingt années passées au Maghreb et en Afrique noire, nous avons déménagé une dizaine de fois, au gré des affectations de mon père. Ma mère est la grande prêtresse de ces expéditions : elle part en éclaireur pour tout organiser et nous la rejoignons, mon père et moi, une fois que tout est réglé. À Alger, elle a récupéré la maison que nous occupions précédemment. Donc, en 1953, après avoir quitté Dakar, nous réinvestissons la villa de la rue d'El-Biar.

Revoir notre ancienne demeure est un choc : j'avais quelques mois quand je suis arrivé ici et trois ans lorsque j'en suis parti. Le jardin où j'ai fait mes premiers pas, la cour où je fonçais en tricycle et où j'inventais des circuits pour mes cyclistes en plomb sont bien là… mais ils sont minuscules ! Et la maison aussi semble avoir rapetissé. Les pièces, l'escalier, la terrasse sur le toit, tout a rétréci. Je me retrouve comme Alice dans le conte de Lewis Carroll. Pourtant, le plus étrange, c'est que j'ai entendu maman faire le compte rendu du déménagement à mon père : « Ça n'a pas changé, ici… », a-t-elle conclu. Comme c'est bizarre ! Personne, à part moi, ne semble avoir remarqué quoi que ce soit. Du coup, je n'ose pas en parler, même à Serge, de peur qu'il se moque. Mais c'est un peu inquiétant.

Concernant ces déménagements récurrents, mon père ne manque pas d'air ! C'est ma mère qui se retrouve à coordonner le rapatriement des meubles, de l'électroménager, des objets, des vêtements, à faire le tri de ce que nous réinstallerons dans la future maison et de ce qui ira au garde-meubles. Certains de ces objets nous suivent dans tous les pays, d'autres attendent notre retour. Bien entendu, la radio Pathé-Marconi est de tous les voyages. Pour lui, c'est simple, il se contente d'acheter les cantines en métal et les malles en bois dans lesquelles s'entasseront nos affaires, et de les numéroter au pochoir pour que ma mère s'y retrouve lorsqu'elle devra déballer le tout. S'il y a un problème : « Appelle Bedel, il va nous arranger ça ! », qui devient « Bedel = Bordel » lorsqu'ils ont égaré une malle. Le nom de la maison Bedel, déménageurs professionnels, aura bercé toute mon enfance. Nous avons dégusté du Bedel à toutes les sauces, aigres – « Ce Bedel exagère, il profite du fait que nous soyons pressés » – ou douces. Mais, en règle générale, je dois dire qu'ils nous ont bien rendu service.

Une sacrée corvée tout de même pour ma mère, et je crains que mon père ne lui ait guère été utile. Les questions domestiques, il les tient à distance. Je ne me souviens même pas l'avoir vu découper le rôti du dimanche ! Parfois, rarement, elle se rebelle. Elle est trop exténuée, dit-elle, pour tout prendre en charge. Alors, il met la main à la pâte, mais avec une mauvaise grâce à peine dissimulée.

Pour nous aussi, les enfants, les déménagements sont des moments pénibles. Maman profite de l'occasion pour nous forcer à faire le tri dans nos affaires. S'ensuivent des négociations à n'en plus finir :

« Non, Serge, tu n'emportes pas ton cosy. Là-bas il n'y a pas la place et tu auras un autre lit ! Et toi, Willy, tu me jettes cette voiture à pédales…

– Oh, non, maman, pas ma voiture !

– Mais tu ne joues plus avec depuis des années !

– Oui, mais là-bas, j'y jouerai, j'en suis sûr. S'il te plaît ! S'il te plaît ! Emporte-la ! »

« Choisir, c'est mourir un peu… », on le sait bien. De Dakar à Alger et d'Alger à Bamako, je parviendrai à sauver ma cargaison de bandes dessinées et mes voitures Dinky Toys qui pèsent une tonne. « Prends juste celles qui ne sont pas trop abîmées », me conseille ma mère. Non, c'est tout ou rien, j'ai déjà l'âme d'un collectionneur. Mais c'est chaque fois la même angoisse. Et si certains jouets encombrants passent la sélection une fois, deux fois, ils peuvent se faire recaler à la troisième et finir au garde-meubles. Ou à la poubelle, c'est selon. Ma mère ne nous raconte pas en détail ce qu'il advient de chacun d'eux.

Quoi qu'il en soit, c'est un moment de grande tension. Elle craint toujours d'oublier quelque chose et, nous, nous quittons un pays, une maison, des amis, nos petites habitudes, sans la certitude de retrouver nos maigres repères.

Une fois remplies par maman qui a tout emballé méticuleusement, les malles sont emportées par les déménageurs qui n'ont pas sa délicatesse. Lorsque nous prenons le bateau, je vois bien comment ces caisses énormes sont soulevées dans des filets par des grues et jetées sans ménagement sur les quais. Maman les ouvrira en tremblant et en se demandant à chaque fois : « Qu'est-ce qu'ils m'ont cassé cette fois ? » Au fil des ans, beaucoup de choses seront perdues ou détériorées…

À chaque déménagement, ce sont des bouts d'enfance que l'on éparpille ou qui me sont volés.

## *Le rire de mon père*

Mes années d'école primaire, du cours préparatoire au CM1, je les passe à l'externat Notre-Dame d'Afrique, une école catholique de garçons où les prêtres portent la soutane traditionnelle. Ici, la plupart des élèves sont pieds-noirs, et si quelques enfants juifs et musulmans y étudient, c'est que leurs parents, plus fortunés que la moyenne, sont sûrs qu'à « la catho » leurs petits bénéficieront d'un enseignement de bon niveau. Parmi les professeurs, le Père Beck, chargé du catéchisme, est un exemple de la vieille école ! Physiquement, il ressemble beaucoup à l'abbé Pierre avec son visage émacié, sa barbe blanche et ses lunettes rondes. On dirait que seule la vie de Jésus l'intéresse. Une épopée qu'il nous passe et repasse en diapositives. Les photos ont été remplacées par des dessins. Jésus y est représenté sous sa forme la plus classique, cheveux longs bouclés et barbe claire, vêtu d'une robe longue blanche sous un manteau foncé, et pieds nus.

Je n'ai jamais compris où il voulait en venir car au fond, c'était toujours la même histoire ! Et pourtant, chaque mois, il accroche la toile d'écran au mur, la déroule et garde dans sa main l'enrouloir dont il se sert pour taper sur la tête de ceux qui ne suivent pas. Moi, en particulier, car la vie de Jésus, les marchands du temple, les noces de Cana et la multiplication des pains, je peux vous réciter chaque diapo dans l'ordre les yeux fermés ! Dans ces conditions, rester sagement sur ma chaise est comme un long chemin de croix. Très vite, je commence mes pitreries, j'imagine le bruit que fait le Buisson ardent en se consumant, ou je commente la Cène avec des dialogues de ma composition : « Qui veut encore du poulet ? » « Jésus, fais quelque chose, y'a plus de pain ! » Sans le savoir, j'ai inventé la postsynchro. Évidemment, les copains hurlent de rire et le bâton du père Beck tournoie au-dessus de ma tête : « Ah, Leymergie, quelle énergie ! » soupire-t-il en rallumant la lumière, pas mécontent de son jeu de mots ! (Ce ne sera pas la dernière fois qu'on me la fera, celle-là…)

Son air sévère ne m'impressionne pas le moins du monde. Je fais le guignol. Dans cet externat d'Alger, ma carrière de comique va bientôt atteindre sa vitesse de croisière. La classe, c'est mon premier public après mon père, déjà client depuis que j'ai trois ou quatre ans, et qui est devenu mon meilleur imprésario : « Vous allez voir, Willy va vous faire le cirque ! » prévient-il lorsque des amis viennent dîner à la maison. Et moi, je mime tour à tour l'acrobate, le jongleur, le trapéziste, le cracheur de feu que j'ai vus au cinéma. « Il est marrant, ce gosse, vous ne trouvez pas ? » ajoute-t-il en se tournant vers l'auditoire.

C'est que je me suis appliqué à devenir ce qu'il rêvait d'être. Je suis la part débridée de lui-même que les obligations militaires ont en partie étouffée. C'est tellement bon de le voir éclater d'un grand rire, la tête balancée en arrière. Quand il me regarde à nouveau, ses yeux sont légèrement embués et ça me touche. On s'attendrit mutuellement, malgré sa carrure de déménageur et sa grosse voix.

Devant mes prestations, maman sourit plus discrètement. Ou elle rit dans ses mains, tempérant l'exaltation paternelle pour ne pas gonfler mon orgueil, mais, quand j'ai fini mon numéro, elle me couvre de baisers.

Cet amour parental qui a accompagné sans faillir mon enfance, mon adolescence et au-delà, sera un atout dans ma vie, une véritable chance. Il m'a construit, conforté, armé pour m'affirmer. Souvent, j'ai entendu des copains se plaindre de leurs parents et de la rudesse de leur éducation. Chez nous, hormis ma sœur qui a souffert de l'autorité paternelle, les rares punitions étaient toujours argumentées. Et méritées ! Mon père était à l'état-major de la Défense nationale, et il avait le commandement de plusieurs centaines d'hommes. À son travail, c'était lui « le boss », et il n'avait pas besoin, comme d'autres, de jouer au tyran domestique une fois rentré à la maison.

C'est curieux, d'ailleurs, ces clichés concernant les militaires : beaucoup imaginent que nous devions nous tenir, devant mon père, le petit doigt sur la couture du pantalon. Non, on ne se réveillait pas le matin à coups de sifflet pour faire le salut au drapeau ! C'était mal le connaître : il aurait détesté avoir sous son toit trois animaux trop bien dressés.

En revanche, en grandissant, j'ai réalisé – et j'ai eu l'occasion de le lui dire – que ce cocon ouaté de tendresse, en m'empêchant de me cogner, ne m'a pas suffisamment blindé. À la maison, tout était trop « rembourré ». Quand j'ai quitté les bras de mon père et les jupons de ma mère, je me suis aperçu qu'à l'extérieur, les gens n'étaient pas aussi bienveillants qu'eux. Du fait de leur amour puissant, démesuré, j'avais une vision naïve de l'existence. Lorsque, à vingt ans, je suis parti d'Afrique pour rejoindre la faculté de Nanterre, je n'étais pas préparé à la cupidité, au mensonge, à la malhonnêteté… Je suis arrivé, la fleur aux dents, et j'ai rencontré des gens qui ne m'ont pas aimé, des femmes à qui je n'ai pas plu et que je ne faisais pas rire. La vraie vie, quoi !

## *Blond vénitien*

À Alger, comme à Dakar, ma peau blanche souffre sous le soleil cuisant. La moindre exposition me transforme en pivoine et fait ressortir une garnison de taches de son. Dans mon maillot de bain à bretelles tricoté par ma mère et qui me fait ressembler à un lutteur de foire, je me baigne en toute tranquillité, toujours sans une once de crème solaire. En revanche, chez tous les parents, il y a un nouveau leitmotiv : pas de baignade avant la digestion, au risque de subir un choc thermique et de mourir d'hydrocution. Jamais je n'ai osé transgresser cet interdit suprême.

Pendant un ou deux étés, je refuse de me mettre torse nu parce que mon dos et mon ventre blancs me complexent à côté de mes copains pieds-noirs qui caramélisent au premier rayon. Résultat : mes cuisses et mes bras sont bruns, mais le reste est aussi laiteux que la chair d'un poisson blanc. Un jour que je m'apprête à aller me baigner, ma mère m'arrête :

« Tu sais que tu ressembles à une glace Miko ? Un panaché vanille chocolat ! » dit-elle en souriant gentiment.

Je baisse la tête et contemple mon ventre.

« Fais l'un ou l'autre, mais là, ça ne va pas, mon chéri. Si tu bronzes des jambes, tu devrais pouvoir bronzer du dos. Essaie, au moins… »

L'argument me paraît judicieux et le lendemain, sur la plage, j'ose me montrer. Je ne dis pas qu'il n'y a pas eu quelques moqueries de la part des copains, mais j'ai tenu bon et, peu à peu, mon corps s'est hâlé.

Mes cheveux, en revanche, flamboient sous le cagnard algérien. Certains trouvent un charme particulier à cette tignasse fauve. Comme cette voisine de mes parents, la comtesse Colonna d'Ornano, délicate et distinguée comme une héroïne de Visconti, qui déclare à ma mère : « William a de jolis cheveux blond vénitien ! »

« C'est quoi ça ? je demande à maman qui me l'a répété. Tu ne me l'avais jamais dit ! »

Blond vénitien, c'est tout de même plus classe que « rouquin », non ?

J'ai déjà conscience de ce qui est élégant et de ce qui ne l'est pas et je ne me laisse pas imposer n'importe quel vêtement par ma mère (le maillot de bain au tricot fera long feu…). Lorsque, en été, par 30°, elle tente de me faire porter des « marcels », ces affreux tricots de peau sans manches, ou des nu-pieds, elle se heurte à un refus catégorique. Et je déteste les traces blanches que laissent sur les pieds les chaussures en plastique transparent, pourtant bien pratiques pour marcher dans les rivières ou dans la mer. J'y vais pieds nus. Je préfère sans doute, grand dadais que je suis, qu'ensuite maman m'enlève une par une, à l'aiguille à coudre passée à la flamme, les longues épines d'oursin… Un pur moment de bonheur !

Dans ma garde-robe d'enfant, il y a un short en flanelle grise et un blazer bleu marine à écusson que je porte pour la promenade dominicale. Ce sont mes « beaux vêtements » et, si je m'écoutais, je ne les quitterais pas. Quand nous rentrons à la maison et que, deux heures plus tard, ma mère m'appelle pour dîner, elle a la surprise de me voir toujours dans la même tenue : « Mais, Willy, tu ne t'es pas changé ? » demande-t-elle. Non. Le miroir de ma chambre m'a renvoyé une image qui me plaît. Donc je reste ainsi. « En pyjama, tout de suite ! » soupire-t-elle. J'y vais en traînant les pieds. Elle ne comprend donc rien ?

Ah, ce short gris et cette veste marine, qu'est-ce que j'ai pu les porter ! Le dimanche, comme tous les Algérois, avec mes parents, nous montons et redescendons la rue Michelet, une rue large et belle bordée de platanes, de palmiers qui ombragent les immeubles aux balcons ouvragés – les Champs-Élysées locaux. Nous longeons les terrasses de café, les brasseries, les magasins. Dans tout le bassin méditerranéen, les jours de congé, on aime déambuler ainsi dans la grand-rue, comme Pietro Germi le montre dans son film *Divorce à l'italienne*. Maris et femmes marchent lentement, tête haute, se tenant par le bras, en jetant un œil de côté pour bien s'assurer qu'on les regarde. Parés de leurs plus beaux atours, ils se pavanent devant les vitrines, saluant leurs connaissances d'un mouvement de tête ou d'un sourire, s'arrêtant pour pouvoir, à leur tour, admirer ou critiquer les passants. C'est samedi après-midi.

Ma main dans celle de mon père, nous marchons sans trop nous parler, surtout lorsque nous sortons du cinéma L'Empire, chacun encore dans ses pensées. Nous irons clore la journée au Coq hardi, la belle brasserie de la rue Charles-Péguy. Nous y mangerons des petits pains au lait au jambon, en buvant du Coca-Cola. Ensuite nous rentrerons à la maison.

J'étais trop jeune lors de notre précédent séjour pour apprécier la beauté de cette ville qui deviendra, au fil des ans, mon port d'attache, mon point d'ancrage sentimental. Il faut marcher dans Alger et s'y perdre pour en saisir l'incroyable beauté. Souvent, avec mon père, nous partons en explorer les différents quartiers. C'est une ville surprenante, et exténuante, toute en ruelles pentues, en escaliers vertigineux et en raccordements improbables. Une ville immense à l'architecture magnifique, dont chaque palier, comme à Marseille, a son identité propre.

Hormis la Casbah que les Européens et les touristes fréquentent peu, il n'existe pas de frontières entre les quartiers. Ici, comme à Dakar, comme partout, les rapprochements entre communautés se font surtout par classes sociales. Dans les rues populaires, les commerçants arabes, juifs et catholiques de condition modeste cohabitent sans problème. Lorsque nous grimpons sur les hauteurs, je vois bien les magnifiques villas des entrepreneurs européens et celles des industriels arabes qui possèdent des usines de tabac ou des huileries : tous se côtoient au club de golf, d'équitation ou au tennis.

En fin de promenade, mon père m'emmène sur un promontoire pour que nous contemplions la magnifique baie d'Alger. Le vent du large nous fouette le visage. En quelques pas, on passe de la respiration altérée de la ville au souffle puissant de la mer. La nuit commence à tomber et le ciel se teinte d'un bleu saphir avant que la lune n'apparaisse, calme et souveraine, pour éclairer l'eau et la ville. Silencieux, nous regardons le serpent doré et immobile que forment les réverbères qui bordent le front de mer. Mon père me serre la main un peu plus fort. Depuis le début de la balade, il ne l'a pas lâchée. « On rentre, Willy ? » Nous redescendons les escaliers, moi glissant le long des rampes en métal.

Dans la voiture, vitres baissées, nous longeons les jardins et les parcs, et je retrouve le parfum des bougainvillées : il ne m'a jamais quitté jusqu'à ce que je parte en France, à l'âge de vingt ans.

Aujourd'hui, à Paris, leur senteur me manque.

## *L'Algérie tremble*

J'ignorais qu'en Algérie, nous pouvions subir un tremblement de terre. Celui qui frappa la ville d'Orléansville (plus tard rebaptisée Chlef) le 9 septembre 1954, je ne l'ai jamais oublié. J'avais sept ans. C'est un souvenir fort, même si la secousse fut moindre à Alger, qui se trouvait à plus de deux cents kilomètres de l'épicentre.

Ce soir-là, je suis seul dans ma chambre, mon frère est sorti. Quelques mois plus tôt, nous avons recueilli un chat dont l'arrière-train est paralysé, et j'ai pris l'habitude de l'installer dans un tiroir ouvert de mon bureau, endroit qu'il semble apprécier. Tandis que je fais mes devoirs, je le vois soudain s'agiter, lui qui ne bouge presque plus. Peut-être a-t-il une envie pressante ? Je le prends dans mes bras et le pose sur le plancher. Il se traîne péniblement et disparaît sous mon lit. Étrange, il ne m'a jamais fait ça…

Au même moment, la fenêtre de ma chambre s'ouvre toute seule. Intrigué, je m'approche et passe la tête dehors. Là, j'entends, j'entends vraiment, un silence incroyable : pas un son, pas un oiseau. Rien. Tout s'est figé, sur terre et au ciel, comme si la course des nuages s'était arrêtée. À peine, au loin, le bruit d'une voiture qui s'éloigne, un enfant qui pleure. Je reviens vers mon bureau, et brusquement, il se met à trembler, mes stylos tombent sur le sol, l'armoire craque, tout s'anime autour de moi. Je m'assieds sur mon lit qui tressaute et j'attends, médusé. Quelques secondes plus tard, c'est fini. Je cours vers la cuisine où se trouve ma mère.

« Maman, tu as senti ?

– Oui, je ne sais pas ce qui se passe, on dirait un tremblement de terre… »

Il n'a duré que quelques secondes, sans provoquer de dégâts à Alger. Mais, à Orléansville, il fera mille cinq cents morts et des milliers de blessés. Vingt-six ans plus tard, cette ville sera anéantie à quatre-vingts pour cent par un nouveau séisme. Je n'ai jamais oublié ce moment d'intense silence, ce temps suspendu qui annonçait la mort et, depuis, lorsque j'entends la nouvelle d'une catastrophe de cette nature, quelque part dans le monde, tout me revient et j'ai une pensée émue pour les victimes.

Le pays a tremblé de toute sa carcasse. Deux mois plus tard, un autre cataclysme se produit, dans la tête des Algériens cette fois. Le 1er novembre 1954, le secrétariat général du Front de libération nationale adresse son premier appel au peuple algérien. Je suis dans la voiture de mon père, en train de traverser la place du Gouvernement et on écoute la radio.

« FLN, c'est quoi ? »

Il m'explique le plus simplement possible et j'ouvre des yeux ronds. Mais il me fait signe de me taire pour écouter la fin des informations. Ses sourcils se froncent, il semble préoccupé. Un reporter évoque une trentaine d'attentats commis par des indépendantistes dans différentes régions d'Algérie, et ayant fait une dizaine de victimes « dont un jeune instituteur venu de métropole pour enseigner dans les Aurès… ».

« C'est terrible… terrible… », souffle mon père, bouleversé.

Cet épisode sanglant, qui portera le nom de Toussaint rouge, va marquer le déclenchement des hostilités, et sera suivi, en août 1955, par les massacres de Philippeville.

À partir de ce jour, et jusqu'à notre départ pour Bamako en 1957, nous n'allons plus cesser d'écouter les informations à la radio, matin, midi et soir. Elle devient un membre essentiel de la famille, la télévision n'a pas encore fait son apparition. Chaque jour, Radio Alger nous relate par le menu

« les accrochages », « les flambées de violence », « les événements » – ce sont les mots qu'utilisent les journalistes pour ne pas dire « la guerre » –, qui ont lieu dans le djebel, les Aurès, le berceau de la révolte, et d'autres secteurs où les conflits se concentrent. Avant que le FLN ne terrorise les populations en frappant les villes d'Alger, d'Oran et de Constantine.

Mon père, responsable du matériel de guerre et des bâtiments, est tendu à l'écoute des informations et j'essaie de mesurer la gravité de la situation sur son visage. Malheur à moi, quand nous sommes à table, si je fais du bruit avec ma fourchette ! « Willy, doucement ! On écoute ! » glapit-il. Même l'employée de maison qui aide à desservir semble glisser sur les dalles. « Embuscade en Kabylie : vingt et un morts »... « Dix morts dans la région du sud »... L'horreur et, au fil des jours, la banalisation de l'horreur. Dans un silence religieux, nous percevons les échos d'une guerre qui nous est proche et peu visible.

Et puis, « explosion au Milk Bar »... Là, maman pousse un cri : le célèbre glacier de la rue d'Isly a sauté, causant la mort de cinq personnes, en blessant soixante autres, dont un grand nombre d'enfants qui resteront mutilés. « Le Milk Bar, Jean-Raymond, tu te rends compte ? » s'écrie-t-elle, soudain pâle. Mon père reste muet, le regard fixe. On a tous du mal à réaliser. Et pour cause. Ce jour-là, après le cinéma, nous devions nous y arrêter, comme souvent, mais il était déjà 18 heures, et il a préféré rentrer. La bombe a explosé à 18 h 30.

La responsable de ce carnage s'appelle Zohra Drif. Elle a vingt-deux ans et milite au FLN. Elle est entrée dans ce bar très fréquenté, s'est mêlée à la jeunesse, a bu rapidement son soda, puis est sortie en « oubliant » sous sa table le sac contenant l'explosif. Les parois vitrées ont volé en éclats avec une telle violence qu'elles ont causé de multiples blessures et des mutilations. Zohra Drif sera arrêtée peu après, condamnée et emprisonnée, avant d'être graciée à l'indépendance. Cette « héroïne » pour beaucoup d'Algériens deviendra sénateur et vice-présidente du Conseil de la nation.

Quatre mois plus tard, une autre bombe pulvérise Le Coq hardi, notre brasserie préférée, faisant à nouveau de nombreuses victimes.

« Il va falloir être vigilant, mes enfants… », souffle mon père en éteignant la radio.

Le coup est passé tout près. Malgré tout, nous allons nous habituer à cette litanie morbide et continuer à vivre presque normalement. En naviguant à vue. À Alger, la mort va devenir un élément du quotidien.

Même si les soldats et les civils français sont souvent pris pour cible, mon père refuse de céder à la panique, mais il reste en éveil. Comme ce week-end où nous partons pique-niquer vers l'intérieur du pays. Il fait un temps magnifique, nous roulons tranquillement dans la montagne en cherchant l'endroit idéal pour nous poser. Au détour d'un virage, il ralentit soudainement, puis arrête la voiture sur le bas-côté. Il éteint le moteur et scrute le paysage par-dessus son volant. La route est déserte, le silence assourdissant. Ma mère s'apprête à descendre de l'auto, mais il la retient :

« Non, Jeannette. On ne reste pas là… »

Papa redémarre aussitôt et entame un demi-tour.

« Qu'est-ce que tu fais ? On s'en va ? demande Serge.

– Oui, oui… On déjeunera à Alger, sur la plage, c'est aussi bien. »

Il n'en dit pas plus mais il fonce vers la ville, pied au plancher. Visiblement, il a senti un danger, sans doute une embuscade derrière les collines. Dans le silence de la nature, il a perçu une menace.

La tension règne dans la voiture. Je n'ai que neuf ans, mais je pense à cet instant qu'on ne se promènera peut-être plus jamais comme avant. Chez nous, on n'ose pas parler de « guerre », le mot fait peur. Pourtant, je sens confusément que quelque chose de cette douceur de vivre est en train de s'achever en Algérie. Nous étions si heureux ! Retournerons-nous dans le bled, comme nous aimions tant le faire, acheter des dattes, des pâtisseries au miel, boire le thé à la menthe et saluer les commerçants arabes en gandoura, assis sur le pas de leur porte, « Bonjour, au revoir, *salam aleikoum…* » ? Non. Trop dangereux à présent.

Depuis un an, nous ne sortons plus d'Alger où des militaires patrouillent en permanence, multipliant les fouilles et les contrôles d'identité. Inutile de décrire le soulagement de maman quand mon père l'informe que, son contrat de quatre ans arrivant à son terme, nous partons tous pour le Mali. Jamais le système de rotation des personnels militaires n'est tombé aussi bien ! Et papa lui a réservé une autre bonne surprise : une fois n'est pas coutume, pour le prochain déménagement, c'est lui qui partira en éclaireur à Bamako et nous le rejoindrons quand tout sera prêt.

« On ne va pas débarquer tous ensemble dans la brousse avec les cartons, lui dit-il. Laisse-moi y aller et vous arriverez ensuite, tranquillement. »

Connaissant l'aversion de mon père pour ce genre de tracas, je suppose que la maison est déjà retenue et qu'une équipe va s'occuper de réceptionner et de déballer nos affaires.

Ma mère est ravie et l'idée de retourner en Afrique noire nous comble tous de joie. Même si, pour la première fois, nous ne serons pas au bord de la mer, mais en pleine savane.

Le temps que la maison de Bamako soit prête à nous accueillir, nous irons passer quelques semaines à Dakar, chez ma sœur Monique.

## *Vers Bamako*

Pour descendre d'Alger à Dakar, nous embarquons sur le *Foch*, un magnifique paquebot de ligne de la compagnie Paquet, *sister ship* du *Mermoz*. Les voyages en avion ne m'impressionnent pas, ils sont trop rapides et, hormis les nuages, on ne voit pas grand-chose. En revanche, tout dans ces immenses paquebots me ravit : les magasins, les piscines, les cinémas (après y avoir vu *Sur les quais*, d'Elia Kazan, avec Marlon Brando, j'ai pensé longtemps que c'était le plus beau film de tous les temps !), les jeux de palet sur le pont, ces filles dont je tombe amoureux le temps de la traversée – une quinzaine de jours – et que je ne reverrai plus jamais. Et la contemplation de la mer qui fait surgir tant d'images romantiques… Sur un bateau, tout est romanesque !

À bord, ma mère retrouve des connaissances qu'elle rejoint, le soir, pour dîner, ou qui l'accompagnent aux bals donnés par le commandant. Pour l'occasion, elle a sorti ses plus belles toilettes. En robe de satin rouge, elle marche le long du bastingage, bientôt rejointe par un couple en smoking noir et fourreau lamé. On dirait les amis scintillants de *Gatsby*... Comme moi, ma mère adore ces traversées, surtout quand la mer est d'huile car, au moindre remous, elle va se terrer dans sa cabine, secouée de nausées.

Tandis qu'elle danse ou qu'elle rend l'âme, j'ai l'autorisation de rejoindre mes copains de rencontre : nous dévalons les escaliers qui relient les première et troisième classes, ou bien nous traversons comme des hordes sauvages les immenses salles à manger. Le temps qu'on nous rappelle à l'ordre, nous avons disparu dans les coursives. Le personnel qui s'occupe des enfants attrape le vertige. Au passage, lorsque l'un de ces marins-nounous s'adresse à nous avec un accent du Midi à couper au couteau, je suis stupéfait : je pensais qu'il n'y avait que les personnages de Pagnol pour s'exprimer ainsi !

Après avoir fait escale aux Canaries, nous descendons à Casablanca pour saluer oncle Jean, le frère de maman, qui y tient une brasserie sous les arcades. Ce charmant petit monsieur, dont je ne savais rien, ressemble à ma mère comme deux gouttes d'eau. Même tête, avec les yeux bleu foncé et le nez un peu busqué, sauf que ses cheveux noirs gominés sont partagés par une raie impeccable. Mes parents ne m'en ont jamais parlé et il doit se demander ce que j'ai à le fixer comme ça ! Dix ans que maman et lui ne s'étaient pas vus, ils rattrapent le temps perdu et papotent comme des fous. Moi, une fois mon Coca bu d'une traite, je n'ai qu'une hâte : que notre beau bateau blanc appareille et qu'on débarque à Dakar où ma sœur et son mari nous attendent. Je suis impatient aussi de rejoindre mon père qui, de Bamako, a télégraphié à ma mère, enthousiaste : « Jeannette, la maison est superbe, nous sommes en pleine savane ! Venez vite ! »

Le trajet Dakar-Bamako représente un périple de mille deux cent cinquante kilomètres. Le train, étrangement baptisé *L'Express*, va mettre deux jours à l'effectuer. Ce voyage, c'est un poème, une épopée, un grand éclat de rire ! Avec toujours les mêmes vendeurs de viande, de fruits, de sodas qui envahissent les rames à chaque arrêt et en dégringolent alors que le train bringuebale déjà. Et les grappes de passagers qui escaladent les wagons pour voyager gratuitement sur le toit, à l'air libre. Qui ira les contrôler là-haut ? Parfois, il s'arrête une demi-heure, en rase campagne, sans raison apparente, et repart sans crier gare. Les voyageurs descendus à terre pour se mettre à l'ombre, ou pour des raisons plus triviales, courent à côté des wagons sous les encouragements de ceux qui ont eu la sagesse de patienter. Des bras compatissants se tendent vers des mains désespérées. Ça crie, ça rit, ce bazar joyeux et bariolé, c'est l'Afrique !

Le wagon-lit où ma mère, Serge et moi passons la nuit est une véritable étuve : impossible de fermer l'œil. La journée, on retrouve les voyageurs en compartiment, mais aussi les poules et les chèvres. Et les joueurs de djembé qui tapent sur leurs instruments sans discontinuer. Ça sent le thé, le poisson et la viande de bœuf.

Avec ses lunettes fumées, son chapeau cloche en toile et son chèche blanc qu'elle remonte sur son nez quand la poussière envahit le wagon, ma mère ressemble à Meryl Streep dans le film *Out of Africa*. Tout se prête à la comparaison : la touffeur du wagon, la savane à perte de vue, les antilopes, les phacochères et les buffles qui regardent notre tortillard à bonne distance. À l'horizon, le soleil rougeoyant annonce la nuit, et les premières étoiles, la journée brûlante du lendemain.

Pour faire plaisir à ma mère à qui il ne cesse de sourire, un passager se lève et tente d'ouvrir la vitre près de nous. Elle est coincée, mais il insiste et appuie de toutes ses forces – tout plutôt que de perdre la face devant une femme ! Lorsqu'elle se débloque d'un coup, une bouffée de chaleur entre, qui nous suffoque tous. Je n'attendais pas le petit vent frais de la Méditerranée, mais là, on dirait qu'il a ouvert la porte d'un four. Bienvenue au Mali !

## *À Kati*

Nous sommes donc arrivés à Kati, le village qui donne son nom au camp où nous allons vivre désormais. Ainsi que mon père nous l'avait annoncé, nous sommes en pleine savane, loin de la ville et un mot nouveau entre dans mon vocabulaire : « concession ». La nôtre est un immense domaine planté d'arbres et occupé par une grande demeure de plain-pied, ceinturée d'un large patio sous arcades qui fait office de promenoir. Papa n'est pas peu fier de nous la faire visiter, lui qui en a dirigé l'aménagement.

Dans les colonies, plus votre grade est élevé, plus la concession que l'on vous attribue est vaste et le personnel qui vous est attaché, important. Mon père étant colonel, nous sommes bien entourés. Cinq personnes travaillent dans notre maison : Sékou, le jardinier, Mahamane et Dambélé, qu'à l'époque on appelle « les boys », tous deux militaires de base, Kénia, le vieux cuisinier à cheveux blancs, et Jean-Luc Thierno, le chauffeur attitré de mon père, charcutier de profession, originaire du Mans et lui aussi cuisinier à ses heures.

Aidé de Sékou, mon père s'est tout de suite attelé à réorganiser le jardin. Ensemble, ils construisent une grande dalle de béton sur laquelle, le soir, après dîner, mes parents pourront s'installer pour lire, écouter la radio, se détendre. Je revois encore leurs deux silhouettes étendues dans des chaises longues, entourées d'éphémères, ces petits insectes qui surgissent par nuées au fur et à mesure que la nuit tombe, formant bientôt un halo autour de la lampe. La véranda fait office de salle de jeux pour de grandes parties d'écarté (un jeu de cartes oublié) avec mon père, et de jacquet, devenu aujourd'hui backgammon, avec ma mère. L'obscurité nous étreint peu à peu. Appuyé à la balustrade, j'écoute le jardin s'éveiller lentement à la nuit. Autour de nous, des chauves-souris viennent nous saluer en frôlant nos cheveux.

La maison est spacieuse mais, de nouveau, je partage ma chambre avec Serge. Renonçant à s'insurger, il a juste négocié la pose d'un grand rideau entre nous, qu'il tire tous les soirs avec des airs mystérieux. Il a bien de la patience, mon frère : je ne sais pas si, à vingt ans, j'aurais accepté d'avoir un « machin » comme moi dans les pattes ! En même temps, mon univers l'amuse, mes Dinky

Toys, ma panoplie de trappeur et mon chapeau de Davy Crockett à queue de fourrure… Sans oublier l'énorme téléphone de campagne désactivé que papa a installé dans la chambre et avec lequel je joue à la guerre, casque sur les oreilles, bidouillant des boutons et envoyant des messages radio, d'une voix de canard, à des soldats imaginaires.

Sur un des murs de la chambre, comme au-dessus d'un établi, j'ai cloué un tas d'objets de ma fabrication : lance-pierres, matraques, maillets, couteaux en bois sculpté… L'amour du bricolage, je l'ai hérité de mon père qui, quand il n'est pas à la caserne, est toujours en train de réfléchir à un « truc » qu'il pourrait réaliser. Avec plus ou moins de succès, je dois dire. Je me souviens de sa période « tables basses » et des paroles de ma mère qui ne voulait pas décourager sa bonne volonté, même lorsqu'elles étaient un peu bancales :

« C'est beau ce que tu as fait là, Raymond…

– Ah, ça te plaît ?

– Beaucoup…

– Bon, alors, on va la mettre dans le salon…

– Heu… et pourquoi pas dans la chambre des garçons ? Ça serait mieux, tu ne penses pas ? »

Mon père n'est pas dupe, mais rien ne dissuadera cet ébéniste frustré de continuer à construire des tables de guingois. C'est sa marque de fabrique : rigoureux d'un côté, bohème de l'autre.

Le camp de Kati est un petit village, une bulle, où toutes les familles de militaires se connaissent. Avec les avantages et les inconvénients que cela suppose de vivre en vase clos, de fréquenter les mêmes mess, cinéma, piscine ou dispensaire. On sort, on se reçoit ainsi qu'on le faisait à Alger ou à Dakar. Ici, comme là-bas, mes parents ont un rang à tenir, ce qui implique une certaine distinction. Le soir, mon père troque son uniforme blanc pour des costumes de tergal ou une saharienne beige ceinturée, dans le col de laquelle il glisse un foulard de soie. Quant à ma mère, elle a profité de son dernier séjour en France pour se faire confectionner plusieurs robes dont les modèles viennent de Paris.

Le samedi soir, ils se rendent au cercle des officiers où l'on peut boire un verre, dîner ou danser. Papa n'étant pas un mordu de danse, Serge les accompagne pour faire valser ma mère et retrouver ses copains militaires. À vingt ans, il est au summum de sa beauté et maman ne cache pas sa fierté lorsqu'elle marche à son bras. Pendant ce temps, je reste seul dans la grande maison sombre qui me semble habitée par une armée de choses rampantes. J'ai beau ne pas être craintif, la nuit africaine m'impressionne et je n'en connais pas encore tous les frémissements. Avant de partir, maman m'a répété qu'en cas de besoin, Mahamane n'est pas loin. Pas loin, pas loin… tout de même ! Sa case est située sur le champ de maïs qui borde notre concession, à cent cinquante mètres, et le temps qu'il vienne, il peut arriver… quoi ? Je ne sais pas. La menace n'a pas de visage, et à dix ou onze ans, on a l'imagination fertile : je vois des animaux qui rôdent autour de la maison et longent la véranda, cherchant la porte d'entrée pour m'attraper avec leurs griffes longues et pointues…

Parfois, de mon lit, j'entends Mahamane qui rit avec Aminata, sa femme. Au moindre danger, il accourrait, j'en suis sûr. Il me protégerait comme ses propres enfants. Il a comme un sixième sens, Mahamane, il sent tout. L'Afrique, c'est son pays après tout. C'est ce que je me répète pour me rassurer. Mais, certains soirs, j'exige que Serge reste avec moi. Mes craintes le rendent fou de rage, lui qui préférerait sortir : « Mais tu as peur de QUOI ?! Quel trouillard, celui-là ! »

Oui, Serge, tout ce que tu veux, mais reste avec moi. Ce soir, je n'ai pas le courage d'affronter mes propres démons. Avec ceux de l'Afrique, ça fait trop !

## *Aminata*

Quelques jours après notre arrivée, je suis allé rendre visite à Aminata. Les parfums épicés de sa cuisine m'ont attiré vers sa maison. Depuis, j'y vais régulièrement, porter des vêtements, des médicaments que maman lui donne ou achète pour elle. Aminata, c'est un peu ma grande sœur. Elle doit avoir une vingtaine d'années, elle est rieuse et toujours chantonnante. J'aime me poser dans sa case, la regarder travailler, s'occuper de ses petits. Parfois, son boubou découvre une épaule ronde et satinée. Quand elle compare sa peau noire à la mienne, elle ouvre de grands yeux. Des taches de rousseur, elle n'en avait jamais vu avant ! D'un geste élégant, elle relève la masse de ses tresses et les pique avec un long peigne en bois. Elle a la sensualité des femmes africaines, mais moi, ce sont les minettes de mon âge que je reluque et, pour l'instant, j'ai fait chou blanc.

Les filles, j'y pense de plus en plus et pas question de compter sur mon frère pour me renseigner sur elles. Qu'est-ce qu'il m'énerve ! Parfois, il lâche une info ou deux, mais pas plus. « Un garçon de mon âge bénéficie de privilèges auxquels un merdeux comme toi n'a pas accès ! » m'a-t-il déclaré un jour. Ce truc mystérieux des filles dont il parle avec ses copains, j'aimerais bien le voir, moi aussi. J'en ai une vague idée, mais rien de précis. Ah, vivement que je grandisse pour rejoindre le monde des grands où l'on peut approcher les filles et surtout les toucher !

« Entre, Willy, pousse la porte ! » me lance Aminata qui m'a vu marcher dans le champ.

Elle est en train de faire dîner ses enfants sagement assis à une table basse. (Je reconnais l'œuvre de papa. Mais, là, il s'est appliqué…)

« Ça sent bon, dis donc, c'est quoi ?

– Tu veux manger avec nous ?

– Je veux bien… »

Il n'est pas encore midi et le fumet qui se dégage du foyer me met l'eau à la bouche. Pas le temps d'aller prévenir maman… Tant pis, je dînerai chez moi une deuxième fois !

« Assieds-toi, Willy, je vais te servir… »

Au-dessus du feu, des épis de maïs sont posés sur une grille de métal, qu'elle retourne de temps en temps. Une fois cuits, elle pique les épis d'un bout de bois, les beurre, les sale et elle m'en tend un. Je me brûle les lèvres sans savoir par quel bout l'entamer. Aminata et les enfants se tapent sur les cuisses en se moquant : « Mais qu'il est maladroit ! Tu n'en as jamais mangé ou quoi ? » Non, Aminata. Le maïs, je ne connais pas. Ni même les avocats. Il a fallu que je vienne à Dakar, chez ma sœur, pour en goûter. Depuis, je n'ai plus cessé d'en manger.

Mon épi terminé, elle pose sur la table un grand plat de riz aux épices et une assiette de mouton. « Regarde, et fais comme moi ! » me dit-elle. Elle roule une boulette de riz entre ses doigts, la trempe dans la sauce rouge et la porte à sa bouche. Nos mains plongent dans le même plat, et la sauce coule sur mon menton, mon tee-shirt. Mummm, que c'est bon !

« Tu t'en mets partout ! Tu veux une fourchette ? »

Surtout pas, Aminata, ça m'amuse tellement de faire ici ce qui ferait hurler mes parents !

« Willy, dis à Aminata et à ses amies de venir goûter à la maison un de ces jours ! » m'a proposé ma mère, intriguée que je lui parle souvent de la jeune femme. J'ai donc lancé les invitations. Les Africaines ont revêtu leurs boubous de fête et sont venues à la concession, leurs enfants dans le dos, intimidées de pénétrer dans la maison de « la colonelle ». De son côté, ma mère a aussi convié deux de ses copines.

Elle semble enchantée de recevoir tout ce monde, embrasse les petits, les fait sauter sur ses genoux. Les autres épouses de militaires paraissent plus coincées et frémissent quand, à la même heure, les femmes de leurs boys dégrafent leurs corsages et donnent le sein à leurs bébés. C'est le choc des cultures. Plus tard, maman me racontera en riant qu'en venant prendre le thé avec des Africaines, ses amies avaient eu l'impression de faire « œuvre sociale » !

Sûr qu'elles se sentent plus à l'aise lorsqu'elles viennent bridger à la maison. Parfois, quand je rentre de l'école, il y a trois tables dressées dans le salon, et douze femmes, cigarette aux lèvres, qui se concentrent sur leurs cartes. Je passe une tête pour dire bonjour et je reçois leurs baisers envoyés du bout de leurs ongles laqués. L'arôme des Craven A, ces cigarettes blondes anglaises à bout de liège, parfume délicieusement la pièce. Quand ces dames seront parties, il restera dans l'air une senteur de miel mêlée à leurs parfums capiteux et poudrés. Une autre « madeleine » de mon enfance en Afrique.

## *Doc Johnnie Walker*

Notre voisin de concession le plus proche est le médecin-commandant du camp, qui soigne les officiers et leurs familles. Et les Africains, à grandes rasades de whisky ! Avec son crâne chauve, ses bonnes joues, ses yeux de taupe et sa silhouette bedonnante, on dirait un peu Alfred Hitchcock. Toujours vêtu d'une saharienne, d'un marcel en guise de « gobe-sueur » et d'un pantalon kaki, il arpente la concession à pas lents, en s'épongeant le front de temps à autre. À la maison, mes parents l'ont baptisé « Docteur Johnnie Walker » : je ne me suis jamais demandé pourquoi.

Jusqu'au jour où, nous entendant, Serge et moi, parler avec emphase de Johnny Weissmuller, « le plus grand champion de natation au monde ! », le toubib glousse :

« Votre Tarzan, là, c'est rien du tout à côté de l'immense Johnnie Walker !

– Ah bon ? Il est champion de quoi, lui ? je demande, intrigué.

– Ben, interroge tes parents, ils le savent, eux. D'ailleurs, tout le monde le connaît… »

Un peu vexé, je m'enquiers auprès de mon père de la spécialité de ce « super Walker », et c'est à son tour de se moquer :

« C'est le doc qui t'a dit ça ?

– Ben, oui…

– Il s'est bien fichu de toi, mon pauvre Willy… Johnnie Walker, voyons, ce n'est pas un sportif, ni même un homme, c'est une marque de whisky ! »

Ah, il va me le payer, le toubib ! Son sobriquet, je ne cesserai plus de le lui seriner, de le claironner, même, et devant tout le monde.

Ça le fait rire. De toute manière, c'est vrai qu'il sirote toute la soirée lorsqu'il vient à la maison, et qu'il tangue un peu en repartant. Chez lui, il s'est même fait installer un bar américain, comme dans les films des années 1950, avec des tabourets hauts et des bouteilles suspendues de pastis, de gin et deux énormes bouteilles de Johnnie Walker. À cause de lui, j'ai longtemps cru que le whisky était une boisson coloniale ! Cet alcool à la belle couleur ambrée semble avoir été créé pour la nuit africaine, les pales des ventilateurs, les cris des animaux dans la savane. Des atmosphères moites, cinématographiques qui évoquent Clark Gable, Ava Gardner et Grace Kelly dans *Mogambo*, sur fond musical de tambours guerriers. Tout ça fait un peu cliché, pourtant je l'ai vécu.

Célibataire parce que divorcé et sans enfants, le doc sonne souvent à la maison en l'absence de mes parents et il m'embarque illico pour de grands voyages. Ce Breton d'origine, malin comme tout, n'aime rien tant que me raconter ses aventures, et surtout ses « descentes » dans les bordels de Saïgon, en guettant mes airs effarés. À sa manière, il rejoue *Un singe en hiver* et les tribulations de Jean Gabin sur le Yang-Tsé-Kiang. N'osant pas lui poser trop de questions, je me rattrape, plus tard, avec ma mère :

« Maman, il paraît qu'en Indochine, y a des dames dans les bars qui fument et qui portent des sacs en velours noir remplis de piastres. C'est quoi, des piastres ?

– Mais qui t'a raconté ça ? s'exclame-t-elle.

– Ben, le docteur Johnnie Walker ! »

Ses sourcils se froncent. Le bon toubib a encore frappé.

« Raymond, le doc raconte des insanités aux enfants. Il faudrait que tu lui parles… », prévient-elle à son retour du travail.

Je m'empresse d'intervenir, je ne voudrais pas que, par ma faute, il soit interdit de visite chez nous.

« Mais non, maman ! C'est moi qui lui ai demandé ! »

En même temps, il y a peu de risques car mon père adore ses histoires, et il en redemande, c'est tellement bien raconté ! Vraie ou fausse, on s'en fiche : si l'anecdote est belle, on n'exige pas de certificat d'authenticité.

Désormais, je tiendrai quand même ma langue.

« Tu ne répètes rien, hein, Willy, je compte sur toi… », m'a recommandé le docteur qui s'est fait gentiment remonter les bretelles.

Il sait bien qu'il est devenu l'un de mes héros. Avec ses images de filles « belles comme des porcelaines fines, aux yeux qui s'étirent jusqu'aux tempes », il me fait rêver. Ces dames, je les connais, je les vois sur grand écran, avec leurs cheveux de jais piqués de perles, leurs robes en soie colorée et leur bouche cerise : elles sont les héroïnes des films qui passent au cinéma, en deuxième partie de soirée. « Des films nazes », selon Serge, qui ne connaît rien à rien.

## *« Je vais te dévisser la tête ! »*

Des quelques semaines passées à Dakar lorsque j'étais chez ma sœur, et du peu de classe de CM1 que j'y ai fait, il ne me reste pas grand-chose, sinon le souvenir cuisant d'un instituteur qui n'a pas supporté mon côté « Ne vous dérangez pas, je ne fais que passer ». Ce n'est pourtant pas de ma faute, après tout, si je suis là pour peu de temps. Devant son impuissance à me mater, il a décidé de me pourrir la vie. Un vrai régime de « défaveur » : puni pendant que les autres sont en récréation, enfermé tandis que mes camarades crapahutent sur la plage où le prof donne son cours de gymnastique. Mais que lui avais-je fait ? S'il voulait marquer cette courte période au fer rouge, il y est parvenu. Cinquante ans plus tard, je me souviens très bien de lui !

L'année suivante, à Kati, j'arrive en CM2 alors que l'année scolaire a déjà bien commencé. Mme Torsel, l'institutrice, m'accueille avec un péremptoire

« Assieds-toi là ! » qui me donne immédiatement envie de fuir. Les éléments perturbateurs, elle ne les aime pas et elle me le fait savoir. Je prends en route des cours que je n'ai même pas abordés à Alger et je n'y comprends rien.

Ma mère, à qui je m'en plains, se veut rassurante : « Ne t'inquiète pas, tu n'es pas bête, tu vas vite rattraper les autres… » Mais c'est facile à dire. Lorsque vous débarquez en cours d'année dans une classe inconnue, souvent la greffe ne prend pas. On vous tolère, mais les amitiés sont déjà faites et vous restez sur la touche comme un pestiféré. En plus, lorsque je parviens enfin à me faire des copains, je les quitte aussitôt sans savoir si je les reverrai. Même si on se retrouve un jour, ce ne sera pas avant plusieurs années. Pour un enfant, c'est une éternité.

Hormis ces changements perturbants, je n'ai pas fourni beaucoup d'efforts à l'école. On ne peut pas tout faire en même temps ! S'intéresser à ce que le maître écrit au tableau et divertir ses copains.

J'avais pourtant bien soigné le jet en utilisant un caoutchouc découpé dans une chambre à air de voiture pour qu'il soit plus puissant et que la craie explose sur le tableau noir. Splash ! En s'écrasant, elle a dessiné une jolie rosace. De l'art contemporain avant l'heure, mais Mme Torsel – femme d'un sous-officier, qui plus est – n'aime pas du tout. « Je vais te dévisser la tête ! » me crie-t-elle, hors d'elle. Quelle histoire, pour un peu de craie sur le tableau…

En y repensant, ce n'est pas lui que je visais avec mon lance-pierre, mais bien elle, Mme Torsel, figure de l'autorité. Leurs représentants me posent un problème récurrent. Certes, je me tire une balle dans le pied en agissant ainsi, mais c'est plus fort que moi. Le seul maître que j'admire, c'est mon père. Il me suffit, je rejette toute autre forme d'autorité et, si je fais le clown, c'est avant tout une façon de le faire savoir aux adultes.

À la maison, je dois rendre des comptes sur ces bêtises à répétition et, heureusement, c'est avec ma mère que je m'explique. Elle sait se montrer suffisamment habile pour soustraire mon carnet de correspondance à mon père et aller plaider mon cas auprès de l'institutrice. La paix du foyer avant tout. Je détesterais qu'ils se disputent à cause de moi.

Car, quand il arrive que papa élève la voix à mon propos, cela peut monter très haut, comme si ma mère était coupable alors que, pour moi, elle est l'innocence et la bonté personnifiées. Je n'ai jamais pu me faire à ces engueulades. Adulte, je finirai même par en parler à mon père qui, après coup, déplorera son caractère soupe au lait : « Tu as raison, mon grand… » J'ai regretté de ne pas lui en avoir parlé plus tôt.

Ses colères surgissent à n'importe quel moment, pour n'importe quoi et contre n'importe qui : un baigneur sur la plage qui fait profiter tout le monde de sa radio ; un voyageur dans le train qui sort un saucisson odorant ; des gens qui parlent fort au restaurant… Dans ce dernier cas, il augmente son propre volume sonore pour que les autres s'arrêtent. Avec ma mère et mon frère, nous glissons de honte sous la table ! Et je ne raconte pas les fois où, au cinéma, il fait le tour des fauteuils pour aller demander aux spectateurs bavards de se taire ou de sortir. Quant aux resquilleurs dans les files d'attente, mon père ne les loupe jamais. Sur le fond, il n'a pas tort, mais, au quotidien, c'est infernal à vivre. J'ai l'impression que nous sommes en guerre contre le monde entier.

Je reconnais avoir hérité de ce caractère colérique et mon franc-parler m'a parfois causé des problèmes. Il y a eu maintes occasions depuis où, comme lui, j'aurais mieux fait de me taire. Au nom de la sincérité, on peut dire et faire d'énormes bourdes, je l'ai compris plus tard.

Heureusement, ma mère a de la patience et de la constance pour trois ! Les crises de son mari, les mauvais résultats de son fils ne lui font pas baisser les bras. Je ne l'ai jamais vue déprimer, douter, avoir des états d'âme. Entre l'atrabilaire et le cancre, elle trace sa route, toujours joyeuse.

Maman est parvenue à lever la punition auprès de Mme Torsel. Pour le reste, elle me fait confiance et je ne la trahirai pas : en fin de CM2, je réussis mon examen d'entrée en 6e. De justesse… pas de quoi pavoiser. Mais mon passage au lycée Terrasson de Fougères, à Bamako, me sort définitivement des griffes de mon institutrice.

## *La course contre la pluie*

Je n'ai pas lu grand-chose durant toutes ces années : quelques livres incontournables ou ceux imposés par l'école, mais guère plus. J'ai tellement mieux à faire ! Lorsqu'on est enfant en Afrique, on est dehors toute la journée, tout est jeu et la vie bouillonne bien plus que dans les livres. Mon père aimerait bien pourtant que je me plonge dans les auteurs qu'il affectionne depuis toujours, entre autres Marcel Pagnol : « Toutes ces histoires sont si tendres ! Lis-les, Willy, ça va te plaire », s'exclame-t-il.

Pour lui faire plaisir, je lis, coup sur coup, *La Gloire de mon père* et *Le Château de ma mère*. Et je l'interroge :

« Pagnol parle de ses parents, de son enfance... Tu crois que toutes ces histoires sont vraies ? »

Il hausse les épaules :

« Peu importe, c'est tellement beau ! »

Comme pour les aventures du doc, chez nous la beauté l'emporte toujours sur la réalité.

Bientôt, je délaisse la littérature provençale pour celle, plus glauque mais plus excitante, des romans policiers. En particulier, la collection Fleuve Noir : Paul Kenny avec ses couvertures aux poupées blondes et lascives, que je pique dans la bibliothèque de mon frère. Mon père n'apprécierait pas s'il le savait, mais Serge tient sa langue. Et je collectionne toujours les bandes dessinées, *Tintin*, *Spirou*, *Audax*, *Fulgor* et les autres.

À toutes ces lectures, je continue à préférer de loin la course contre la pluie. Pour les deux enfants voisins de la concession et moi-même, la saison des orages est une formidable occasion de jeu. Lorsque le ciel s'obscurcit, on se poste tous les trois en haut de notre rue et on attend la tornade. Elle ne va pas tarder. La voici. L'odeur de l'air a changé et les animaux l'ont sentie : ils vont à sa rencontre ou bien ils se sauvent. Nous, on se met torse nu, et on la guette en regardant derrière. L'orage gronde, un éclair zèbre l'horizon et les premières gouttes tombent du ciel, grosses comme la main, et chaudes, chaudes, bien plus chaudes que l'eau de la piscine ! C'est le signal du départ : au moment où des trombes d'eau arrivent sur nous, on dévale la rue pour les prendre de vitesse. On court à toute allure en criant comme des fous. Un gigantesque rideau noir avance, poussé par le vent, passe au-dessus de nos têtes comme un Boeing et nous rince en beauté. Encore une fois, la pluie a gagné !

Quand je rentre à la maison, essoufflé, trempé jusqu'aux os, ma mère me regarde, l'air navré.

« Pourquoi jouez-vous à ce jeu idiot ? Tu ne peux pas te mettre à l'abri, non ? »

Maman, comment te dire… Où, mieux qu'en Afrique, pourrais-je faire la course contre la pluie ? Et, aussi, construire une cabane dans la savane et découvrir, le lendemain soir, en y retournant avec mes copains, qu'elle est remplie de serpents attirés par la fraîcheur de l'abri, et qu'il ne nous reste plus qu'à prendre nos jambes à nos cous ? Où, mieux qu'ici, pourrais-je aller nager près des phacochères qui se roulent dans la boue, en les guettant du coin de l'œil ? Quelle peur et quelle rigolade quand un branquignol de copain les vise un jour avec son lance-pierre et qu'ils font mine de charger ! Assise sous un parasol à quelques mètres, maman sort le nez de son tricot et nous lance, presque négligemment : « Faites aussi attention aux crocos, mes chéris, je vous l'ai déjà dit. », sur le même ton qu'une mère de famille, au parc Monceau, dirait à ses enfants : « Méfiez-vous des vélos et laissez ces pigeons tranquilles. »

Tout cela, maman, où aurions-nous pu le vivre mieux qu'ici ?

En Afrique, notre piscine, c'est le Niger, notre stade, la savane. On apprend *in situ* les sciences naturelles, la vie des bêtes sauvages, la nature, les cycles du temps, une foule de choses qui remplacent largement les centres aérés et les colonies de vacances des petits métropolitains de mon âge, ou même la télévision, dont j'ignore même qu'elle existe. Tous ces beaux souvenirs ont laissé en moi une nostalgie teintée de joie, une enfance qui me va.

Au mois de juin, au cœur de l'après-midi, il peut faire 40° à l'ombre. Dehors, tout s'arrête. Plus un bruit dans les rues du camp. La chaleur cuisante tue le son, elle l'englobe, elle l'étouffe comme un serpent sa proie. Le vrombissement d'un moteur qui passe à proximité semble aspiré par le soleil brûlant.

Avec mes copains, on est censés faire une sieste sous les arbres du jardin, mais, à onze ans, on a mieux à faire que dormir. Nous, on a pris nos vélos, pour tenter un nouvel exploit sportif : la course « fournaise ». Après avoir descendu à toute allure la longue rue qui passe devant la maison, on la remonte. Là, c'est atroce : on grille littéralement et on dégouline de sueur. L'ascension semble interminable, mais on serre les dents. Plutôt mourir que de mettre un pied à terre devant les copains. On est des champions, ou pas ? Le but du jeu est de se surpasser en surmontant l'étouffement. À cette époque, j'ignore qu'en France, des cyclistes se préparent à endurer la canicule et des centaines de kilomètres de montagne, pendant des semaines. D'ailleurs, je ne sais pas grand-chose de la France. On en parle peu chez nous.

Nous organisons aussi nos propres Olympiades, dans un stade désaffecté, avec un sautoir bidon rempli de sable grossier, deux bouts de bois et une corde pour le saut en hauteur, un coin de piste pour se mesurer à la course à pied et au vélo. C'est là qu'un jour je vois débarquer un incroyable berger peul : l'apparition s'est gravée dans ma tête à tout jamais.

Il est 16 heures, un samedi après-midi, et nous sommes quatre ou cinq sur l'herbe jaunie, lorsqu'une ombre apparaît, qui sort d'un petit bois proche du stade, une silhouette mince et floue qui s'approche. Je ne sais pas pourquoi, j'associe aujourd'hui cette image mouvante à celle d'Omar Sharif monté sur son chameau dans le film *Lawrence d'Arabie*... Immobiles, on regarde l'homme qui avance vers nous, pieds nus, un grand bâton à la main, le corps couvert d'une tunique ceinturée à la taille, un chapeau de paille sur la tête. Ce qui me frappe surtout, ce sont ses jambes, longues et maigres. L'homme est un berger de la tribu peule, je le reconnais mais, habituellement, il conduit un troupeau. Là, il est seul. Je ne me sens pas rassuré, même s'il ne semble pas agressif. Il continue sa progression. Je vois mieux son visage à présent. Il est assez jeune et nous regarde sans sourire, le menton levé, le corps délié, aérien. Une allure de guerrier, mais sans les armes.

Arrivé à une trentaine de mètres de nous, il s'arrête et nous observe silencieusement. Sans nous consulter, nous nous détournons de lui et poursuivons nos Olympiades comme si de rien n'était.

Épreuve de saut en longueur. Bien évidemment, je singe le speaker en parlant dans un pseudo-micro avec une voix nasillarde : « Mesdames et messieurs, voici à présent le concurrent polonais, Yan Iskasslagueulenski qui va tenter de battre le record de l'Italien Dino Zore… » Mes copains se tordent et s'apprêtent à sauter à tour de rôle. Soudain, je vois l'homme poser son bâton et ôter chapeau et vêtement. Il apparaît dans une sorte de sarouel qui ressemble à un long short bouffant. À ce moment, le sautoir est vide. Il se met à courir vers le bac de sable, de plus en plus vite. Arrivé au bord du rectangle, il prend appui des deux pieds, s'envole et effectue un incroyable saut périlleux avant avec atterrissage pieds joints ! Le saut parfait. Nous sommes tous bouche bée. J'ai presque envie d'applaudir mais je n'ose pas. Puis l'homme fait demi-tour, remonte lentement vers ses affaires, se tourne vers nous, rit et lève les deux bras en signe de victoire : oui, il a gagné ! Rhabillé, il repart vers le bois où il a dû abandonner son troupeau, nous laissant muets d'admiration.

Je n'ai jamais revu mon berger peul. Mais j'ai gardé l'image d'un homme beau et fier. Celle d'une Afrique dont je commençais à percevoir le mystère et dont j'absorbais tout.

## *Le vélo blanc*

Chaque matin, un autocar traverse le camp de Kati et « ramasse » les élèves pour les conduire au lycée situé à quatorze kilomètres. L'entrée en 6$^{e}$, motif d'angoisse pour beaucoup, moi y compris, est largement atténuée par ce trajet quotidien qui est une nouvelle occasion d'amusement. Les grands se bousculent pour s'asseoir dans le fond du car avec les filles, et flirter en toute tranquillité. Les petits se mettent à l'avant. Moi, je m'installe à côté du chauffeur, tourné vers les autres, pour faire l'andouille.

Quatre fois par jour, le lycée n'ayant pas de cantine, nous dévalons les collines de Koulouba, le nez parfois collé aux vitres pour apercevoir « les culs-rouges », ces petits singes à l'arrière-train couleur pastèque qui peuplent la jungle. Il arrive que le chauffeur s'arrête pour qu'on les observe de plus près : ils s'approchent alors jusque sur le toit de l'autocar en espérant qu'on leur jette quelque chose à manger. « Interdiction de donner de la nourriture aux singes ! » a-t-il prévenu, mais il y en a toujours un parmi nous qui leur balance un trognon de pomme, histoire de les voir s'agiter.

Avec deux allers et retours par jour, on passe près de deux heures dans le car, on chante, on chahute… Trente mômes là-dedans, vous imaginez le bazar ! À la saison des pluies, les routes deviennent des ravines sur lesquelles l'autocar tangue dangereusement, mais cela ne nous calme pas pour autant.

À l'arrivée au lycée, l'excitation ne retombe pas de sitôt. Se faire chahuter pendant la classe, certains profs en ont pris leur parti, ils ne luttent même plus. Ainsi, Mme Charrier, notre vieille professeur d'histoire-géo qui, pour faire taire nos bavardages, ponctue son cours de « chuuut ! » en les incluant à l'avance dans sa phrase. Ce qui donne à peu près ça : « Un oracle avait promis la domination de l'Asie, chuuut, à celui qui viendrait à bout du nœud gordien, chuuut, alors Alexandre le Grand le trancha d'un coup d'épée, chuuut… », et ainsi de suite. Au fil des années, ses « chuuut » se sont mués en « cheeeu », un mélange de chuintement et de beuglement qui rend son discours animal. Entre nous, on ne l'appelle plus par son nom, mais par ce son étrange. Aussi, le jour où ma mère me demande pourquoi Mme Charrier l'a convoquée au lycée, j'ouvre de grands yeux :

« Madame Charrier ? C'est qui ?
– Mais enfin, Willy, ta prof d'histoire !
– Aaaah ! La cheeeu ?
– Comment ça, "la cheeeu" ?
– Oui… elle dit "cheeeu" tout le temps !
– Ah bon ?… Mais pourquoi elle dit "cheeeu" ?
– Parce qu'elle en a marre de dire "chuuut !" pendant tout le cours !
– Et pourquoi elle dit "chuuut !" ?
– Parce qu'elle n'en peut plus de nous dire "Taisez-vous !!!" Là ! T'as compris ? »

Ma mère a compris. Et, du coup, elle imagine mieux les raisons pour lesquelles la prof d'histoire veut la voir…

Le lycée Terrasson de Fougères a ceci de particulier de n'avoir ni portes entre les classes, ni vitres aux fenêtres. Les classes s'alignent le long d'un couloir et l'on passe de l'une à l'autre sans obstacle. Lorsqu'on est en cours de maths, on entend le cours d'anglais d'à côté. Moi qui ai déjà du mal à me concentrer, je passe finalement plus de temps dans le couloir, mis à la porte, que dans la classe. Et j'y retrouve les mêmes fortes têtes. Mes meilleurs amis.

Dans ma classe de 6^e^, le pourcentage de Noirs et de Blancs est à peu près identique. Plus athlétiques que nous, les Africains sont meilleurs dans tous les sports : volley, handball, basket et football. Tous les matchs sont mixtes, sauf le foot, où ils n'acceptent ni les filles, ni les Blancs. Seule entorse à cette règle, moi. Ils m'ont accordé le privilège d'être leur gardien de but. J'aurais pu trouver ce poste limite humiliant, au contraire j'en suis très fier ! Je suis *le* Blanc dans une équipe de Noirs.

« Doc Saignée », c'est comme ça qu'ils m'appellent, car ils trouvent que je ressemble au docteur Saignée de la bande dessinée *Mike le Ranger*. Parce que je suis blond-roux comme lui, j'imagine, et que j'ai une tête d'Anglais… Les après-midi de plein air, je me fais donc canarder par une salve de ballons. Au début, j'encaisse plus ou moins bien, puis, très vite, je demande à être arrière central ou autre, mais plus dans ce jeu de massacre. Mes copains noirs n'accepteront jamais : « Toi, le doc, tu restes là ! » Je ne discute pas. Du coup, cette « faveur » se transforme presque en punition. Je n'ai d'ailleurs jamais compris qu'ils veuillent me garder : je n'étais pas terrible comme gardien de but…

À Terrasson de Fougères, point d'uniforme ou de blouse, on s'habille comme on veut hormis le casque colonial, lourd et rigide, qu'on porte tous sans plaisir. « Mets ton chapeau… », me serine ma mère chaque matin. Pour nous, le casque est un truc « de vieux » ; malheureusement les casquettes américaines n'ont pas encore déferlé sur le continent. Mais sont apparus les chapeaux de brousse en toile avec des bords qu'on relève ou qu'on rabat, très seyants et inspirés directement de ceux portés par les troupes françaises de Bigeard en Indochine. Il n'y en a pas pour tout le monde, et mon père m'en obtient un. Avec ça, j'ai l'air d'un véritable cow-boy !

Désormais, ce chapeau de brousse kaki est de toutes mes activités : à pied, en vélo, il ne quitte plus ma tête. On dirait même que le regard de mon père sur moi a changé depuis que je le porte. Je fais plus « homme » à présent. Le problème, c'est que je continue à rouler sur mon vélo d'enfant dont on a surélevé la selle au maximum pour qu'il soit à ma taille. C'est ridicule, et ça détonne avec mon couvre-chef. Déjà, aux Olympiades, mes copains m'ont battu sur leurs superbes engins chromés. Si je veux rétablir ma dignité, il faut que j'agisse.

Nous sommes à quelques jours de Noël 1958. J'ai onze ans. Le Père Noël, je n'y crois plus depuis longtemps. Comme dans toutes les familles, le frère aîné – Serge, en l'occurrence – a vendu la mèche quelques années plus tôt avec une diplomatie confondante : « Mon pauvre Willy, comment peux-tu croire à cette connerie… », m'a-t-il jeté, l'air navré pour moi. J'ai serré les dents pour ne pas pleurer, mais ça m'a fait mal. En deux secondes, j'ai basculé dans un autre monde, celui où l'on ne croit plus à la magie.

À défaut de Père Noël, j'adresse donc ma commande à mon père : un vélo, un magnifique vélo blanc avec un cadre et des vitesses qu'ensemble nous sommes allés repérer au magasin de cycles au début du mois de décembre. Vu la médiocrité de mes résultats scolaires au premier trimestre, les jours passant, je m'inquiète : l'a-t-il acheté ou pas ? Et s'il l'a acheté, où l'a-t-il caché ? Après de vaines recherches au cellier et au garage, je commence à fouiller discrètement la maison.

Chez nous, il y a deux salles de bains, une pour mon frère et moi, et l'autre pour mes parents. L'entrée de cette dernière nous est strictement interdite : on ne risque pas ainsi de les croiser en petite tenue, ce qui leur convient parfaitement. Mes parents sont d'une pudeur qui confine à la pudibonderie. Jamais je ne les ai vus nus, ni même en sous-vêtements.

Mais là, j'ai visité toutes les pièces, et il n'en reste qu'une seule : leur salle de bains, « la chambre de Barbe Bleue ». Et il faut que je sache, jamais je ne tiendrai jusqu'à Noël !

Il est 19 heures, l'heure où mes parents prennent habituellement l'apéritif sur la grande dalle. J'entends le rire de maman, ils doivent plaisanter ensemble. Parfait… la voie est libre.

Je pousse la porte de la salle de bains et… horreur ! Je me retrouve le nez sur le postérieur de mon père ! Il pousse un juron, je referme aussitôt mais c'est trop tard : il m'a vu dans le miroir. Il prenait une douche avant le dîner ! Comment aurais-je pu le savoir ?

À table, mon père ne desserre pas les dents. Peut-être ne réagirait-il pas ainsi s'il s'agissait d'une distraction de ma part. Mais il a bien compris la raison pour laquelle j'ai transgressé l'interdit :

« Puisque c'est comme ça, tu ne l'auras pas, ton vélo », me lance-t-il enfin, glacial.

Jusqu'au soir de Noël, je suis dans mes petits souliers, plus honteux à vrai dire d'avoir mécontenté mon père qu'inquiet pour mon cadeau. Car j'ai quand même eu le temps d'apercevoir un grand carton marron le long de la baignoire : le vélo est bien là ! Et je le connais : il n'aime pas me faire de la peine.

Pour finir, il m'a évidemment offert le vélo blanc, et c'est l'un des plus beaux cadeaux de ma vie. Mais ça m'a servi de leçon : plus jamais je n'ai cherché à trahir sa confiance.

## *Au cinéma*

Sur l'écran noir, un magnifique éléphant pousse un barrissement qui fait rire toute la salle. Pour nous, ce pachyderme vaut largement le lion hargneux de la Metro Goldwyn Mayer ! Il s'agit du logo de la Comacico (Compagnie africaine cinématographique et commerciale), une société française qui contrôle la distribution et l'exploitation des films en Afrique francophone, essentiellement des productions indiennes dont les Africains sont friands et dont, faute de mieux, les Européens se contentent. Au cinéma du camp, certains soirs, la fréquentation peut aller jusqu'à trois cent cinquante personnes !

Le rituel de ces séances les rapproche de véritables réunions de famille. Le spectacle débute dans la salle avec le cérémonial du placement des spectateurs. Les colonels, dont mon père, s'installent aux premières loges, dans des chaises longues, avec leurs proches. À chaque fois, c'est moi qui porte et installe les transats de mes parents, Serge se défilant comme par enchantement. Les moins gradés se placent derrière, sur des chaises – quand ils ne viennent pas avec leurs sièges de voiture –, et ainsi de suite, jusqu'aux hommes de troupe noirs, assis sur des bancs, dans le fond, près de la cabine de projection. C'est là que je me glisse parce qu'on s'y amuse bien. Ou on y flirte. Pas moi, mais mon frère, et je serais curieux de savoir ce qu'il a retenu des films, celui-là !

Entiché de modernité, mon père s'est mis en tête de remplacer le vieil écran du cinéma par un gigantesque écran cinémascope incurvé, de vingt-cinq mètres de longueur. « Tu verras, Willy, ça a une autre allure », m'a-t-il assuré. Rénover les bâtiments, c'est son job à l'armée, mais convaincre son administration de débloquer des crédits pour moderniser le cinéma, ç'a été une autre affaire… Sa cinéphilie exaltée a pourtant fini par l'emporter. Grâce à lui, toute la garnison bénéficie d'une technologie encore peu répandue en Afrique.

Le cinéma propose deux séances par soirée : à 20 h 30, un film connu, souvent un classique, et à 22 h 30, un film indien à l'eau de rose, ou un western de troisième catégorie. « Des navets… », décrète mon père, toujours lapidaire dans ses jugements, mais, moi, je les adore. Entre les deux séances, on nous passe les actualités en noir et blanc. Incroyable ! Les informations que j'entendais à la radio prennent corps, et mon cœur se serre en reconnaissant à l'écran certaines rues et places d'Alger, dans le résumé qu'on nous fait de ce que tout le monde appelle désormais « la guerre d'Algérie »...

La plupart du temps, je rentre avec mes parents après le premier film alors que Serge, ce veinard, peut rester pour le second. Sur le chemin du retour, mon père m'invite à donner mon point de vue sur ce que je viens de voir, m'incite à réagir. Je crois qu'il m'a posé bien plus de questions sur ces séances de cinéma que sur mes cours de maths ou de géographie !

Un mercredi soir – à cette époque, le jeudi, on n'a pas classe –, à force de gentillesse, je persuade ma mère de me laisser assister à la seconde séance. Elle accepte, mais à deux conditions : je promets de ne pas faire le fou et Serge me raccompagne immédiatement après. Une soirée entière de cinéma, deux films à la suite, c'est presque trop de bonheur d'un coup ! D'autant que, ce soir-là, on projette *Picnic* de Joshua Logan avec la bombe atomique Kim Novak et, ensuite, *Mangala, fille des Indes*, l'histoire d'une princesse amoureuse d'un paysan dans l'univers féerique des maharadjahs. Tout un programme.

Les lumières s'éteignent. Le générique du début n'est même pas terminé que les Africains hurlent de rire. Tout le monde se retourne et quelqu'un crie : « Silence, la troupe, dans le fond ! » Quand Kim Novak apparaît, blonde et rose dans une robe qui semble avoir été cousue sur elle, des sifflets fusent et mes copains se filent des coups de coude en gloussant. Mes yeux sont scotchés à l'écran : Kim Novak est tellement sensuelle ! Et l'apparition, torse nu, du sublimissime William Holden fait frissonner les minettes autour de nous. Les deux acteurs brûlent de désir l'un pour l'autre, ils passent leur temps à s'éponger le visage, le corps, c'est torride !

Finalement, papa a encore raison : le second film, qui dure deux heures et demie, est une purge. Cette pauvre Mangala est si nunuche qu'on en ricane durant toute la séance. Quand les lumières se rallument, il est tard et mes copains filent immédiatement chez eux avec leurs parents. J'essaie de repérer mon frère dans l'assistance. Il est en train de discuter avec de jeunes officiers, une fille à la main. De loin, je lui fais signe que je veux partir, mais il ne semble pas disposé à laisser sa copine pour me ramener.

« Rentre tout seul, Willy, ce n'est pas loin ! vient-il me dire.

– Non, Serge, maman a dit que tu dois me raccompagner ! »

Les rues autour de la concession sont peu éclairées, et j'avoue que je ne suis pas rassuré de marcher seul, la nuit, sous les arbres, avec tous ces craquements et ces insectes qui me frôlent. Hors de question !

Serge est au pied du mur. Si je dis aux parents qu'il m'a abandonné, il est assuré de recevoir une rouste.

« OK. Mais dépêche-toi ! » me jette-t-il, exaspéré.

Il part devant comme un bolide, torche à la main, et j'ai du mal à le suivre en courant dans l'obscurité. Tout le long du trajet, il ne dit pas un mot, pressé de déposer le « paquet » à la maison et de retrouver ses copains.

Arrivé à l'entrée de la concession, il s'arrête.

« Bon, je ne vais pas plus loin… », me dit-il en me plantant là.

Le temps que je proteste, il est déjà reparti dans la nuit. La maison n'est qu'à deux cents mètres, mais il fait noir comme dans un four. Aucune lumière pour me repérer, pas même dans la case de notre boy Mahamane et d'Aminata. Tout le monde dort à poings fermés. Au-dessus de ma tête, les branches des flamboyants bruissent de façon inquiétante, comme si elles voulaient m'attraper les cheveux. Le soleil du jour a cuit les plantations et les parfums sucrés m'enivrent légèrement. Je marche les yeux dirigés vers le sol sans même réussir à distinguer le bout de mes pieds. C'est d'ailleurs ce qui m'inquiète le plus : mon père m'a dit de me méfier des serpents « cracheurs », dont on retrouve parfois les mues translucides dans l'herbe. Il paraît que ces reptiles peuvent projeter leur venin dans les yeux et qu'on reste aveugle un certain temps. Ou bien paralysé !

J'avance donc comme sur des œufs, en faisant de grands pas, pensant ainsi limiter les risques. Ah, si seulement j'avais des bottes de sept lieues, et être rendu en un seul saut… Je ferme un œil : si un serpent me crache au visage, j'en sauverai peut-être un sur les deux ! Dans ce noir, je ne distingue même pas la maison. Je meurs de peur, tout tremblant, quand, soudain, j'ai l'impression de marcher sur quelque chose de mou. Un hurlement sort de ma bouche malgré moi. Paralysé par l'effroi, je ne sais plus où poser le pied. Et, tout d'un coup, je me sens emporté vers le ciel, arraché à l'herbe menaçante. Quel est le géant qui m'a attrapé ?

C'est Mahamane. Comment a-t-il deviné que j'étais là, pétrifié, dans la nuit ? Est-ce que ses yeux percent l'obscurité ? Toutes ces questions, je me les pose tandis qu'il frappe le sol avec son grand bâton. C'est ainsi qu'il chasse les serpents et, lorsqu'il en tue un, il lui coupe la tête et la rapporte à mon père qui lui donne un peu d'argent. Je m'accroche à sa jambe, une jambe longue et dure comme du bois sec, je me serre contre elle et il marche avec moi, sa main sur mon épaule. « Je suis sauvé... Je suis sauvé... », me dis-je, le souffle coupé.

Arrivé à la véranda, je me détache de lui et il m'accompagne jusqu'à la porte de la maison. Tout est silencieux. Connaissant ma mère, je doute qu'elle dorme, mais elle doit penser que c'est Serge et moi qui rentrons. Je me tourne vers Mahamane et serre son cou dans mes bras. D'instinct, il a su trouver les gestes pour me calmer et me réconforter.

« Tu peux partir, maintenant. Merci beaucoup, lui dis-je doucement.

– Bonne nuit, petit Willy. N'aie pas peur, je suis à côté », me chuchote-t-il à l'oreille avant de s'évanouir dans l'obscurité.

Cette frayeur ne m'empêche pas, la semaine suivante, de retourner voir un péplum italien ou un film de Bollywood. Il m'en faudrait davantage pour me dégoûter du cinéma ! Une équipe de tournage débarquée à Bamako va même me donner l'occasion de découvrir l'autre versant de cet art, durant les quelques jours passés en leur compagnie.

Par amour du cinéma, mon père a décidé de les assister sur le plan logistique, leur fournissant la main-d'œuvre pour déplacer leurs camions, et les aidant pour leur cantine, les repérages, toutes les formalités. Chose incroyable, il me laisse même partir avec l'équipe ! A-t-il pensé qu'il ne fallait pas contrarier une vocation naissante ? En tout cas, il me permet de les suivre durant toute une semaine – sans doute étais-je en période de vacances scolaires…

Le réalisateur a installé ses caméras dans la région de Kati. Il a récupéré une vieille voiture américaine qui traînait dans un garage de Bamako et dans laquelle le comédien vedette – un total inconnu qui passe son temps à dédicacer des photos et signer des autographes aux jeunes Africains – se promène comme un cador. Ce type trapu et bouclé se fait appeler pompeusement « le boxeur poète »… Curieux de tout, je deviens la mascotte de l'équipe qui me balade à l'arrière de la belle Chevrolet lorsqu'elle part tourner dans la brousse. Tout de même, ils ont une drôle d'allure, ces gens du cinéma ! Avec leurs caméras à trois pattes, leurs projecteurs branlants, leur mini-porte-voix et leur matériel fait de bric et de broc, l'équipe technique et les comédiens ont quelque chose d'amateur dans le pire sens du terme : « Même l'actrice principale est "un peu" blonde… », expliqué-je à mon père qui éclate de rire. Ici, tout est « un peu », mais le metteur en scène, lui, est *franchement* branquignol !

Je n'ai jamais su si leur film était sorti en salle… Ces « Tintins au Congo » se sont envolés un beau jour, sans dire au revoir, et en laissant une ardoise salée à mon père. Sa sollicitude a été bien mal récompensée. Il était furieux !

## *Prendre son pied*

J'ai toujours aimé les histoires et, déjà, je voyageais loin dans celles que me racontait mon père. Au cinéma, je rêve les yeux ouverts. Dans ces univers sans temps mort, l'imaginaire est sur l'écran. Sa magie n'a jamais cessé d'opérer sur moi. Aujourd'hui encore, je vois un film par jour, à la maison ou en salle, le soir, lumières éteintes, je me rejoue le film, et je m'endors avec ces compagnons éphémères. Il suffit qu'un acteur me bouleverse pour que je vive avec lui pendant des semaines, en attendant qu'il soit détrôné par un autre. Pour moi, le film ne s'arrête pas au mot « Fin », j'aime en poursuivre l'histoire, en imaginer d'autres, faisant et défaisant les personnages. De cela, je ne parle à personne. La vie rêvée des acteurs que j'aime, c'est mon jardin secret.

Lorsque nous reviendrons à Alger, en 1959, je prendrai même l'habitude d'aller au cinéma seul, premier réflexe de cinéphile. Chaque semaine, je sèche le cours de physique-chimie, et me rends à la séance de 14 heures pour être rentré à la maison à 16 h 30, comme si je revenais du lycée. À cette heure-là, il n'y a pas grand monde dans la salle, une dizaine de personnes tout au plus, des mordus comme moi. Le plaisir que je ressens à choisir un film et à le voir en cachette est indescriptible ! Lorsque je sors du cinéma, j'ai l'esprit ailleurs et pour un bon moment. Quelle réalité peut rivaliser avec des merveilles comme le film japonais *L'Île nue*, ou bien *L'aventure de Mme Muir*, avec Gene Tierney, ma plus belle femme du monde, et l'inquiétant Rex Harrison ? Même si le film me déçoit, jamais je ne sors avant la fin de la séance. Être assis dans une salle de cinéma est un rite, on l'accomplit jusqu'au bout.

Au cinéma de Kati, il est arrivé que la réalité détrône la fiction et que le spectacle de la salle me captive plus que ce que je voyais à l'écran. Cinquante ans après, je n'ai pas oublié une scène insolite à laquelle j'ai assisté.

Ce soir-là, je m'apprête à voir le second film, seul, mes copains étant rentrés chez eux. Je suis assis à côté d'un jeune homme qui semble seul, lui aussi, jusqu'au moment où je comprends que la fille placée derrière lui est sa petite amie. Peu après le début du film, elle tend sa jambe et son pied nu devant elle. Sans se retourner, il s'en saisit et, des deux mains, commence à en caresser la plante, puis chacun des doigts pour finir par se concentrer sur son orteil. L'œil en coin, je ne regarde plus l'écran mais le mouvement des doigts sur ce pied qui se trémousse. La caresse muette, parfois ponctuée par de légers soupirs de la jeune fille, se prolonge durant tout le film dont je n'ai pas vu une image. Mais j'ai une révélation. Voilà, me dis-je, être amoureux d'une fille, c'est ça : l'aimer jusqu'au bout des pieds, et lui faire des choses simples qui lui donnent du plaisir. (Sans rien connaître de la sexualité, je n'étais pas si loin de la vérité !) Ce massage silencieux était magnifique, bien plus érotique que toutes les contorsions auxquelles se livrent deux amants… et dont, à douze ans, je ne savais pas grand-chose, sinon tout ce que je pouvais imaginer.

Pour beaucoup d'adolescents des années 1950-1960, les salles obscures sont les lieux de tous les frissons et des premiers flirts. Qui n'a pas glissé timidement sa main dans celle de l'autre, caressé ses cheveux ou tenté un baiser furtif dans le noir ? Plus que la littérature, le cinéma m'a beaucoup appris sur le rapport amoureux, ses souffrances, ses joies et ses fantasmes. Hormis à l'école, je suis un boulimique de savoir, avide de collecter des informations pour les utiliser ensuite à mon avantage. Si bien que ma culture cinématographique est tôt chevauchée, si je puis dire, par ma culture sentimentale. Embrasser les filles devient une obsession chez moi, ça me travaille. Cette idée fixe me vaut quelques déconvenues et de vrais chagrins. Et les râteaux que j'ai pris, je m'en souviens encore. Elles peuvent être cruelles, ces filles, surtout lorsqu'elles me préfèrent des garçons plus âgés, plus drôles, plus sportifs, plus beaux, ce qui est souvent le cas.

Mon premier flirt « sérieux » s'appelle Amarande, elle a quinze ans, et elle est ravissante dans sa longue jupe fleurie, son bustier à manches gigot et ses boucles brunes. Elle me fait penser à Gina Lollobrigida, avec moins de poitrine et les cheveux longs. Je meurs littéralement d'amour pour elle, jamais je n'ai éprouvé cela, et elle me cause bien du tourment à m'aguicher puis à aller voir ailleurs. Avec mes douze ans, je fais pâle figure auprès de ceux qui en ont seize ou dix-sept. Moi, j'ai un vélo, eux une mobylette, comment lutter ? Je me sens ridicule. Comme dans les boums où je suis relégué près du tourne-disque, préposé à empiler les vinyles sur le tube central. Les garçons plus âgés dansent et flirtent, moi je reluque en douce. Je fais le clown pour garder une contenance mais, en vérité, je suis dépassé. N'ayant pas la tête du play-boy, il faut bien que je me fasse remarquer. Les beaux mecs, eux, se contentent de se poster près de l'entrée, l'air lointain, une main autour d'un verre, l'autre dans la poche, et ils attendent que « ça » tombe. Ils sont mystérieux, moi non. Pour eux, ça marche tout seul. Pour moi, non.

La danse doit servir à quelque chose dans cette stratégie d'approche... Lors des bals où j'accompagne mes parents, je note comment les hommes s'y prennent pour inviter des filles et la rapidité avec laquelle ils les serrent dans leurs bras. Et je vois aussi les gugusses qui restent tout seuls dans leur coin. Ma mère dit qu'ils font « tapisserie » ! Alors, pour mettre toutes les chances de mon côté, je m'exerce à différentes danses. J'abandonne la valse et le tango – trop vieux, trop lent – à mes aînés, et me mets au rock'n'roll dont j'ai appris un grand nombre de passes.

Malgré tout, il faudra que j'attende l'âge de dix-sept ans pour arriver à mes fins. Et ça grâce au rock'n'roll. Pour deux Bill Haley, je gagnerai trois slows ! Pour l'instant, je suis en stage de drague, et Amarande ne m'a pas attendu, elle a filé pour aller voir de plus près un vieux sous-lieutenant de vingt-cinq ans. J'ai été beau joueur, je la lui ai laissée.

Mon enfance a baigné dans un curieux mélange de pudeur, avec l'éducation que m'ont dispensée mes parents, et de sensualité, qui suintait des pays d'Afrique où nous avons vécu. Au quotidien, l'ordre et le civilisé flirtent avec l'effervescent, le sauvage. L'austère kaki côtoie les teintes chatoyantes que les Africains savent marier mieux que personne. Ici, l'éveil à la volupté se fait en absorbant tout ce qui se passe alentour. Il suffit de regarder et je n'ai pas les yeux dans ma poche.

Les histoires d'adultères qui rythment la vie des garnisons, comme toutes les communautés autarciques, ne passent pas notre porte. Mes parents détestent les ragots et ils ne les colportent pas à la table familiale. Mais forcément ils me reviennent aux oreilles. Ne serait-ce que par Serge, informé de tout grâce à son réseau de jeunes militaires. Ne l'ai-je pas entendu dire à un copain : « Tu sais que la femme du capitaine couche avec ce tombeur de Mercier ? »

Le Mercier dont il parle est un lieutenant de vingt-huit ans, beau garçon, paraît-il, et très drôle, deux qualités redoutables pour plaire aux femmes, je l'ai compris de bonne heure. D'après Serge, les jeunes filles du camp seraient toutes tombées sous son charme. Moi qui vis, pense, rêve cinéma, je ne peux pas m'empêcher de songer à *Reflets dans un œil d'or*, le film avec Elizabeth Taylor et Marlon Brando… Jusqu'où l'attirance de la femme du capitaine pour le beau lieutenant est-elle allée ? Nul ne le sait vraiment, mais ça commence à jaser, d'autant que certains les ont vus boire un verre dans un café de Bamako, d'autres circuler dans la jeep du lieutenant pendant que le mari était parti en manœuvre. L'affaire fait l'effet d'une bombe et, quelques jours plus tard, le militaire est mis en quarantaine puis envoyé dans une autre garnison. Comme une patate chaude.

Le hasard fait que je croise la femme du capitaine sur le chemin des courts de tennis. Mes yeux s'attardent sur elle sans qu'elle me voie. Blonde, cheveux coupés à la Jean Seberg, peau claire et lèvres ourlées, elle marche l'air grave et cette réserve la rend encore plus désirable. Quel mystère cache-t-elle derrière ses paupières baissées ? Je la détaille discrètement. Je trouve que la marque du « péché » rehausse encore sa beauté. Tout ce que je vois en elle me semble admirable, digne, follement romanesque et, dans la seconde, elle devient ma star. Ceux qui transgressent les lois m'ont toujours attiré : cette femme a quelque chose de moi. Tout ça dans la tête d'un gamin de douze ans, je sais, c'est inquiétant !

L'histoire du couple adultère a enfiévré mon imagination. Le soir, dans mon lit, je refais l'histoire à ma sauce. Ce beau lieutenant, qu'a-t-il dit pour lui plaire et la faire succomber ? Quels mots ? Dans quel ordre ? Quels gestes ? Où ? Combien de temps ? Dansait-il mieux que les autres ? Et maintenant, se revoient-ils en cachette ? Le mari, en revanche, je l'ai complètement oublié. Il y a des perdants qui ont du panache, pas lui. Il s'est fait piquer sa femme : manque de vigilance. En plus, il fait virer le responsable : manque d'élégance.

Et moi, je manquais singulièrement d'indulgence.

## *Derniers jours à Bamako*

Fin 1959. Deux ans que nous sommes au Mali. J'espérais que mon père y resterait davantage, mais déjà s'annonce le prochain déménagement. Dès que je me sens bien quelque part, le spectre du départ réapparaît avec la tête de M. Bedel. Nous retournons à Alger et je vais devoir quitter mes camarades de lycée et mes copains de jeux. Cette fois, la séparation est douloureuse. Peut-être ne les reverrai-je plus jamais ? À cette époque, au revoir et adieu ont le même sens pour moi.

Nous partons alors que les premières manifestations d'indépendance apparaissent ici. Dans l'ombre, depuis des années, les Africains travaillent à se libérer de l'occupant français. Mon père sait que la rébellion de la population noire va s'intensifier et il s'inquiète pour notre sécurité. Les dernières semaines, il tient même à m'accompagner au lycée, refusant que je prenne l'autocar comme je le faisais jusque-là. Un jour qu'il gare sa Peugeot près de mon établissement, des lycéens de première et de terminale s'approchent de nous et menacent de taper avec des barres de fer sur le capot de la voiture. Mon père a juste le temps de faire demi-tour et nous rentrons à la maison. « Ici aussi... », murmure-t-il sur la route du retour, plongé dans ses pensées.

Cette violence m'a effrayé, jamais je n'avais vu ces jeunes si agressifs. Ne voulant pas m'affoler davantage, papa m'explique que la colère des lycéens concerne la mauvaise organisation de l'établissement, elle sera passagère. Il ment, je le sais, et je me demande ce qui se trame, car je sens bien que les Maliens sont plus chez eux que nous. Pourtant, dans ma classe, Blancs et Noirs sont copains, on s'assied les uns à côté des autres sans se poser de question. Jamais, même à Dakar, un Noir ne m'a traité de « sale Blanc » ou de « sale Français »... Il n'y a pas d'hostilité de leur part. Alors, c'est quoi le problème ?

« Tu penses que cela va se reproduire ? demande ma mère à qui nous racontons l'incident.

– Ne t'inquiète pas, Jeannette, répond mon père, de toute façon, nous partons bientôt...

– Oui, mais là-bas, c'est pire... », dit maman d'une voix blanche.

Il ne répond pas. Il ne tient visiblement pas à continuer cette conversation devant nous, même si

« L'Afrique, je la porte à fleur de peau comme un tatouage. Tout comme elle a envoûté mon père, puis ma mère, en les invitant à regarder au-delà de l'horizon et à imaginer un avenir différent de celui qui leur était proposé, elle m'a marqué de son empreinte et a fait naître en moi une curiosité insatiable. »

« Cet amour parental qui a accompagné sans faillir mon enfance, mon adolescence et au-delà, sera un atout dans ma vie, une véritable chance. Il m'a construit, conforté, armé pour m'affirmer. »

« Et c'est ainsi que je me retrouve corseté dans un costume de page, tout de blanc vêtu jusqu'aux gants au crochet, la mèche blonde bien lissée en arrière, agrippé à une petite brunette au turban rose. Je suis le garçon d'honneur d'une Monique qui, sous son voile blanc et dans sa robe de dentelle, a toutes les raisons de sourire en entrant dans l'église au bras de notre père. »

« L'école m'attend mais je ne suis pas pressé, même si la journée commence par une jolie promenade. Un *carricolo*, une carriole tirée par un cheval et menée par un des boys du Plateau, nous conduit, mes camarades et moi, à l'Institution Sainte-Jeanne-d'Arc, une école privée tenue par des religieuses. Je ne me sens pas bien en classe, j'ai peur. Alors, je me dissipe. »

Chers parents

Chers parents, je suis heureux de savoir que la Noël est là et que j'espère de recevoir de beaux jouets. Je vous remercie de ce que vous avez fait pour moi, et je vous promets d'être sage à l'avenir, et de continuer à bien travailler. Je vous embrasse affectueusement et vous souhaite un joyeux Noël.

Willy



« À défaut de Père Noël, j'adresse ma commande à mon père : un vélo, un magnifique vélo blanc avec un cadre et des vitesses qu'ensemble nous sommes allés repérer au magasin de cycles au début du mois de décembre. Vu la médiocrité de mes résultats scolaires, les jours passant, je m'inquiète : l'a-t-il acheté ou pas ? »

« Mon enfance a baigné dans un curieux mélange de pudeur, avec l'éducation que m'ont dispensée mes parents, et de sensualité, qui suintait des pays d'Afrique où nous avons vécu. Au quotidien, l'ordre et le civilisé flirtent avec l'effervescent, le sauvage. Ici, l'éveil à la volupté se fait en absorbant tout ce qui se passe alentour. Il suffit de regarder et je n'ai pas les yeux dans ma poche. »

« À 21 heures, [mon père] n'est toujours pas là. Le lendemain matin, ma mère est assise au même endroit où je l'ai laissée la veille. Je la regarde sans vraiment la reconnaître : on dirait une vieille femme. Ses cheveux ont blanchi en une seule nuit. De cet instant-là, maman n'a plus cessé de s'inquiéter pour lui, et pour nous. Et moi, je n'ai cessé de veiller sur elle… »

« Depuis longtemps, j'ai en tête de réaliser un "papatour" avec enfants et petits-enfants, de mettre nos pas dans ceux du petit rouquin, sur les terres où j'ai grandi, mais aussi à Madagascar où ont vécu mes parents, et le long du canal de Suez, que ma mère et mon frère ont remonté en bateau… »

Serge et moi sommes en âge de comprendre. Mais, avant de quitter Bamako pour Alger, mon père évoquera l'éventualité que je rentre en métropole – « si ça barde trop ! » comme il dit.

Je quitte le Mali sans avoir saisi le sens profond du mot « colonisation », avec le sentiment que nous y avons vécu en bonne intelligence avec ses habitants. Je laisse derrière moi ce pays que j'aime de tout mon cœur et auquel ma peau de petit rouquin a fini par s'habituer. Je suis triste.

## *Sur une autre planète*

Autre lieu, autre ambiance. Même si nous adorons Alger, ce n'est pas de gaieté de cœur que nous retrouvons la menace au quotidien, d'autant que la violence s'est considérablement amplifiée en deux ans. Mais l'armée n'a pas laissé le choix à mon père. En 1957, nous avons quitté l'Algérie alors que les militaires français tentaient d'écraser l'insurrection des indépendantistes du FLN. Au mois de juin 1958, nous étions encore à Bamako lorsque le général de Gaulle est venu à Alger, place du Forum, devant une foule immense, pour délivrer un message que chaque « camp » s'est ensuite approprié : « Je vous ai compris », a-t-il déclaré. Cette phrase, volontairement ambiguë de la part d'un homme passé maître dans l'art du discours, a rassuré les pieds-noirs : la France ne les abandonnerait pas. Mais, le 16 septembre 1959, le Général évoque, pour la première fois, et dans des termes on ne peut plus clairs, le droit des Algériens à l'autodétermination. La Nation française sera consultée sur cette question, ainsi que les quinze départements algériens. Les métropolitains n'espèrent qu'une chose : que cessent ces conflits où vont mourir leurs fils, quitte à se défaire de ces départements si beaux qu'ils connaissent si mal et pour lesquels ils éprouvent de mauvais sentiments. On comprend en revanche que les Français d'Algérie, qui ont porté le Général au pouvoir, se sentent trahis. Quant à l'armée, qui a déjà perdu l'Indochine, renoncer à l'Algérie alors que ses hommes ont le dessus sur ceux qu'ils appellent « les rebelles », cela leur est proprement insupportable.

À partir de septembre 1959, les hostilités se sont intensifiées, ainsi que les contrôles. Lorsque j'accompagne maman rue d'Isly aux Galeries de France, les grands magasins d'Alger, elle doit tendre son panier et son sac à main à un policier qui les fouille et qui vérifie ensuite qu'elle ne porte pas d'arme sur elle. Puis vient mon tour. Ces formalités accomplies, nous faisons nos achats, mais sans traîner : ces contrôles à l'entrée du magasin n'empêcheront pas, le 25 septembre, l'explosion d'une bombe qui fera cinq victimes, dont les trois artificiers venus la désamorcer. Au cinéma, nous sommes également contrôlés, mais ça ne me décourage pas d'y aller. Dans les autobus, les vitres ont été grillagées pour éviter toute projection de grenades ou de pierres qui pourraient blesser les voyageurs. Tout rassemblement de plus de trois personnes, toute manifestation sont interdits. On respecte les règles imposées par la police et l'armée, et lorsqu'on voit un sac abandonné, on prévient un responsable. Avec le temps, on finit par s'adapter à cette vigilance extrême, et on se sent même protégés par la présence de ces militaires partout.

En juillet 1960, maman renonce à rendre visite, comme chaque année, à ses cousins bordelais : mon père est d'astreinte pour faire des inspections dans le bled et il ne peut quitter le pays. Elle ne veut pas le laisser seul durant deux mois. Nous passerons donc l'été à Alger. À première vue, on pourrait penser que l'endroit est peu propice aux distractions… mais il y a « le Club ». Le club El-Kettani est un centre de sports et de loisirs réservé aux militaires et à leurs familles, un vaste complexe en bord de mer, adossé à la pointe des remparts. Ce lieu idyllique, c'est toute ma jeunesse, et nous l'avons beaucoup fréquenté lorsque nous vivions à Alger.

Dès les premiers beaux jours, le jeudi et les week-ends, maman prend sa petite Aronde et nous descendons au quartier Nelson, proche de Bab El Oued. J'entends encore le bruit que faisait la large passerelle en bois sur laquelle nous marchions pour accéder à la guérite où nous présentions notre carte de membre. Des parquets en bois, je n'en ai pas vu souvent dans mon enfance. Les claquements de nos chaussures sur la passerelle d'entrée, c'est une autre de mes « madeleines », et le signe pour l'enfant que j'étais d'une belle et longue journée en perspective.

Ici, tout a été prévu pour les distractions et la détente : trois terrasses de café, des restaurants, des boutiques, une bibliothèque, une piste de danse, une piscine olympique d'eau de mer, un bassin pour les enfants, deux terrains de volley, des tennis, des salles de jeux… Et l'on peut même faire des balades en barque sur la mer. Quand j'y repense, je crois que ces deux mois où nous avons assidûment fréquenté El-Kettani sont parmi les plus beaux de ma vie. À commencer par ces matins où nous faisons joyeusement nos sacs, ma mère et moi, en vue d'y passer la journée.

Au club, nous sommes toujours les premiers, autour de 10 heures. Il fait déjà chaud. En attendant que ses compagnes de bridge arrivent, ma mère prend un bain de soleil dans son maillot vert émeraude, et moi je guette mes copains. « À tout à l'heure, mon Willy. Et mets ta casquette… », me crie-t-elle quand je m'éloigne. Je me demande jusqu'à quel âge elle continuera à me le dire ! Déjà, les premiers copains courent vers moi. À nous les plaisirs et les jeux. Nager, plonger, jouer au waterpolo, au volley, canoter, chasser le poulpe en mer, j'ai tout appris au club.

Parfois, dans la journée, il m'arrive de croiser mon frère qui déambule avec des amis de son âge et des filles dont les bikinis sont noués aux hanches par de petits nœuds. Serge a vingt-deux ans. Si j'en juge par ses copines, toujours belles, il est irrésistible. J'en suis fier. « Tiens, mon p'tit frère… », dit-il en me montrant du bout du menton. Notre différence d'âge est hélas trop importante pour que je puisse profiter des retombées de sa séduction, mais ses copines me trouvent « mignon » : « Il est roux, non ? C'est drôle… », remarquent-elles en passant leurs mains dans mes cheveux. Pas roux, blond vénitien, si ça ne vous ennuie pas !

Moi aussi d'ailleurs, j'ai mon amoureuse, une Muriel en boxer-short et haut en vichy noir et blanc que je ne quitte pas d'une semelle. À l'heure du déjeuner, nous dévorons des cornets de chips arrosés de Coca au bord de la piscine. J'aime le goût délicieux de ces pommes de terre délicatement huilées, rehaussé par la saveur glacée de la limonade. Parfois, je quitte Muriel pour rejoindre ma mère dans l'un des restaurants situés aux étages supérieurs. M'afficher avec maman, bronzée et élégante, est un de mes plaisirs de petit mâle, je n'y peux rien !

Ici, les activités sont rythmées au gré de la course du soleil. En début d'après-midi, quand il brûle trop pour se baigner ou courir sur le sable, on se réfugie dans le club pour jouer au baby-foot et au ping-pong. Vers 17 heures, on fait une pétanque, on monte au terrain de volley ou on sort en barque. Ces journées, toutes pareilles et si différentes, se déroulent sans temps mort. Ici, rien ne peut altérer notre bien-être. On ne pense plus à la guerre, aux événements qui s'aggravent... C'est à peine si, lorsque nous lézardons sur les planches, nous prêtons attention aux hélicoptères siglés d'une grande croix rouge. Ils viennent se poser près d'un terre-plein qui surplombe le club, ramenant les soldats blessés, ces combattants dont nous ne savons rien et que des ambulances emmènent ensuite à l'hôpital Mustapha. À peine avons-nous remarqué le camp de bidasses près de l'hôpital, des jeunes appelés du contingent, un peu plus âgés que nous, qui nous saluent, derrière un grillage, avec de grands signes de la main. Pour nous, le paradis de l'insouciance, pour eux une étape, à l'écart de la violente réalité, à quelques kilomètres.

Il est 19 heures. Le soleil décline à l'horizon, le ciel rosit, le vent tombe, la mer s'apaise. Déjà, ma mère regarde sa montre et sonne le rappel. Rhabillé, je la rejoins au salon où, avec ses amies, elle sirote une mauresque, ce mélange de pastis et de sirop d'orgeat que mon père appelle « le pastis métis ».

Puis c'est le retour en voiture vers la maison, les cheveux salés, du sable sur les jambes, je somnole, cuit par ma journée, rêvant déjà au lendemain.

Ces vacances sont un rêve. Même pour le dîner, maman a préparé mon plat préféré, des courgettes tièdes à la sauce vinaigrette. Mon père rentre plus tard à cette période. Alors on dîne tous seuls avec maman. On rit, on parle en même temps que la radio – plaisir suprême de la transgression ! C'est un instant privilégié et infiniment tendre.

Mon père, lui, ne fréquente pas le club. Je n'ai jamais compris que ce type si costaud, qui a fait tant de sports dans sa jeunesse, se soit soustrait à la vie en plein air et qu'il n'ait plus aucune activité physique. Jamais il ne m'a amené au stade, comme le font tant de pères avec leurs fils. Le sport, nous le « regardons » à la radio. Installés dans les fauteuils du salon, nous écoutons le foot ou le rugby, les yeux fermés. On adore ça ! Les joueurs, on les imagine ; mieux, on les voit.

J'ai bien un souvenir de mon père en maillot de bain mais, s'il est mémorable, ce n'est pas forcément pour de bonnes raisons !

Ce jour-là, Serge et moi sommes montés dans sa Peugeot 403 verte pour nous rendre à la plage d'Aïn-Taya, près d'Alger. Sur le sable, nous nous changeons pour aller dans l'eau. Brusquement, mon frère me donne un coup de coude : notre père est en train d'enfiler un costume de bain à la mode… Un large maillot en toile bleu marine avec une bande blanche sur le côté. (Il en a même eu avec des lacets !) On dirait une grande jupe-culotte ! Mais comme il est bien bâti, cette « chose » ne lui va pas si mal. « T'as vu sa tête ? » me chuchote Serge. Là, je me pince les lèvres. Ce qui nous fait hurler de rire, c'est le bonnet de toile dont mon père se coiffe pour, dit-il, protéger ses cheveux, alors qu'il ne lui en reste presque plus. Tant de précautions pour une tignasse qu'il n'a pas… Avec ce « capuchon » qui lui serre le front, il a la tête des nageurs qu'on voit aux actualités du cinéma, ces héros qui sont parvenus à traverser la Manche !

Évidemment, on rit sous cape, mais on se garde bien de faire une remarque. Le nageur peut devenir coléreux.

## *La semaine des barricades*

Pour la rentrée, mes parents m'ont inscrit en cinquième au lycée de Maison-Carrée, dans la banlieue d'Alger. En classe, musulmans et pieds-noirs se fréquentent sans tension et sans faire de distinction, même envers ceux qui, comme moi, sont des « pièces rapportées ». À l'époque, nos différences ne s'expriment pas ainsi. Elles ne s'expriment pas du tout, d'ailleurs, et c'est étrange de savoir qu'à quelques kilomètres de là, nos communautés s'entretuent. Je ne me souviens pas de conversations enfiévrées entre nous sur le bien-fondé de ces conflits. Nous subissons les événements plus que nous ne les comprenons et la guerre ne change rien à nos amitiés. La guerre, elle n'est pas avec mes coéquipiers arabes de volley ou de handball, elle se fait ailleurs.

24 janvier 1960. Avec mes parents, nous tendons l'oreille vers le poste de radio. L'heure est

grave : afin de soutenir le général Massu, rappelé en métropole et démis de ses fonctions par le général de Gaulle dont il a osé critiquer la manière de gérer les événements, les partisans les plus radicaux de l'Algérie française et la population pied-noire appellent à manifester en masse. Depuis quelques jours, la ville est le théâtre d'étranges concerts : chaque soir, les opposants à la politique du Général ouvrent leurs fenêtres et tapent sur des casseroles comme sur des tam-tams en scandant : « Al-gé-rie fran-çaise ! Al-gé-rie fran-çaise ! » et les quartiers européens reprennent en chœur dans un boucan incroyable. Des rassemblements, il y en a eu beaucoup mais, cette fois, la colère gronde, elle rameute des milliers de personnes. En quelques heures, certains quartiers changent de physionomie : des tronçons de la rue Michelet et de la rue Charles-Péguy sont éventrés et vidés d'une partie de leurs pavés, des barricades s'élèvent. Les émeutes dureront une semaine et les affrontements entre Français et gendarmes feront vingt-deux morts et cent cinquante blessés.

Ce même jour, Serge est parti rejoindre les manifestants en prévenant qu'il rentrerait tard : « Je serai à la Grande Poste ! » Évidemment, quand mon père l'apprend, il est furieux. Il sait comment tout cela peut finir. « Je vais le chercher ! » lâche-t-il en sortant. Serge arrive avant lui. Deux heures plus tard, il revient à son tour, fou d'inquiétude de ne pas l'avoir trouvé, ayant vu de loin la charge des gendarmes mobiles et la violence des échauffourées. Dès qu'il aperçoit mon frère dans le salon, il lui fonce dessus, mais Serge lui échappe et tente de sauver ses fesses en tournant autour de la table. Je suis là, au milieu du manège, sidéré de voir mon vieux père courser son fils de vingt-deux ans ! Brusquement, papa s'arrête, fixe Serge dans les yeux et enlève sa ceinture. Alors ma mère se précipite vers lui avec cette phrase magnifique : « Mais tu ne vas pas tuer ce gosse, non ? » Puis elle s'approche de mon frère et se place en bouclier devant lui, pour le protéger. Mon père les regarde, médusé, il sourit avec un air d'impuissance et laisse sa fureur retomber. Chacun se détourne. Cette scène m'a quant à moi liquéfié sur place, tant, pour la première fois, j'ai vu la rage dans les yeux de mon père. Une rage de peur.

Quelques mois plus tôt, un étudiant a été tué par l'explosion d'un obus dissimulé dans un bac à fleurs, un attentat signé du FLN. Mon père en a été profondément marqué. Pour lui, les manifestations de rue ne servent qu'à exacerber la violence des protagonistes.

Lorsque, peu après, les extrémistes de l'Algérie française appellent à un nouveau soulèvement, mon père demande à Serge d'un ton innocent :

« Tu ne vas pas à la manif ? »

Mon frère ne répond rien, flairant la provocation.

« Allez, viens, on y va ensemble… », lui dit mon père. Et en passant devant moi, il ajoute :

« Tiens, toi aussi, je t'emmène ! »

Maman grimace :

« Non, Raymond, vous allez vous faire tabasser tous les trois !

– Mais non, je veux juste leur montrer à quel point cela peut être dangereux… »

Et nous descendons dans la rue.

Comme on l'imagine, il ne lâche ni ma main, ni le bras de Serge. Tandis que nous marchons, il nous explique pourquoi il ne faut pas céder aux chants des manifs !

« Vous voyez bien, ce n'est pas un endroit où l'on échange des idées ! Si vous avez envie de donner votre avis, il y a des forums, la radio, les journaux, la cour de récré si vous voulez, mais pas ici. »

Dès que les gendarmes commencent à charger, nous faisons demi-tour. La leçon est donnée et retenue.

Le soir, à l'heure du dîner, la radio nous apprend qu'il y a eu de nombreux blessés. Moi, j'écoute d'une oreille distraite, sachant qu'après le repas, un programme plus excitant nous attend : *Les Maîtres du mystère.*

C'est l'émission culte du mardi soir, qui fait dresser les cheveux à toute une génération d'auditeurs. Mes parents l'aiment autant que moi. Il arrive que nous l'écoutions ensemble et que je m'endorme, rassuré par leur présence. À un moment, je sens mon père qui me soulève délicatement pour me porter dans ma chambre tandis que je résiste : « Non, c'est pas fini ! – Mais tu dors, Willy ! – Pas du tout ! Le commissaire vient de dire que... » Peine perdue. L'énigme, je la résoudrai dans ma tête et dans mon lit.

J'ai treize ans cette année-là. Serge part à Londres faire des études de commerce. En réalité, il n'a pas encore trouvé sa voie. Un an plus tard, il décide de revenir et de rejoindre l'école d'élèves officiers de Cherchell, à cent kilomètres d'Alger. Mon père ne cache pas sa fierté, bien qu'il n'ait certainement rien fait pour l'influencer. Le dimanche, nous allons lui rendre visite – la seule sortie que nous faisons à l'extérieur d'Alger. Coiffé de son képi – Mastroianni en uniforme –, mon frère a l'air heureux.

« Dès que je sors de l'école, je m'engage dans la Légion ! annonce-t-il à mes parents.

– C'est... exotique... », répond laconiquement ma mère, que cette décision déconcerte.

C'est pourtant une option qui correspond bien à la nature volontaire et un peu teigneuse de Serge.

Mais elle a tort de s'en faire : il en reviendra sain et sauf, de la Légion, et débutera à Alger une carrière moins dangereuse dans l'assurance ! Monique a quitté la maison depuis presque dix ans, c'est au tour de Serge à présent. Moi, le benjamin de la famille, j'ai la voix qui mue et mes premiers boutons sur le front : je ne serai bientôt plus le bébé de personne. Les belles années algéroises où nous posions en riant face au Rolleiflex de mon père s'éloignent, comme s'achève mon enfance.

Monique, Serge, Willy… J'ai parfois le sentiment que notre différence d'âge nous a fait grandir comme trois enfants uniques. Disons que ma sœur, mon frère et moi avons été de « bons voisins intimes ». Aujourd'hui qu'ils ne sont plus là, j'ai l'impression étrange de ne pas les avoir suffisamment connus…

## *Monique, ma presque sœur*

Lorsqu'on posait des questions à ma mère concernant son premier mariage, elle restait évasive : pour elle, cette période n'avait pas existé. Ou si peu. La vie avec mon père avait gommé la trace des dix années avec un autre. Restait quand même cette petite Monique qu'il avait adoptée en l'épousant. Il a fallu que j'attende l'été 1960 et l'âge de treize ans pour l'apprendre ! Sans doute devais-je sembler enfin assez raisonnable pour comprendre les choses de la vie.

Drôle de moment. Nous sommes en Bretagne, dans la maison de Monique et de son mari où nous sommes venus passer quelques jours de vacances après avoir vu les cousins bordelais. Le déjeuner s'achève et tandis que ma sœur et le reste de la famille prennent le café au salon, ma mère m'entraîne hors de la maison, dans une chaumière voisine qui nous est réservée pour l'été. Elle a un air embarrassé que je ne lui connais pas :

« Willy… il faut que je te dise quelque chose…
– Oui, quoi ?
– Voilà… Ton père, heu… eh bien, ce n'est pas le père de Monique… »
Je me souviens de l'avoir regardée comme si elle me parlait hébreu :
« Comment ça, il n'est pas son père…
– Parce que, avant de me marier avec ton père, j'ai été mariée avec un autre homme. C'est lui, le père de Monique… »
Pour masquer mon malaise, je commence à rire :
« Quoi ? Tu as été mariée à quelqu'un d'autre !? »
Ma mère prend alors sa respiration et se force à bien articuler :
« Oui, j'ai été mariée pendant une dizaine d'années avant de rencontrer ton papa et j'ai divorcé pour le suivre en Afrique avec Monique.
– Ah bon ? Mais alors… ma sœur… c'est pas ma sœur ?
– Bien sûr que si, voyons, ne fais pas l'imbécile ! Vous n'avez pas le même père, c'est tout. Mais vous avez la même mère. Monique est ta *demi*-sœur, si tu préfères, mais c'est toujours ta sœur. Voilà. »
Voilà… voilà… elle en a de bonnes ! Les mots, je les ai compris, mais il me faut bien deux jours pour digérer l'information : ma mère a été mariée avant de connaître mon père et Monique et moi pouvons être frère et sœur sans avoir le même père. Incroyable !

Les jours suivants, j'observe ma sœur en essayant de la voir comme une « demi »-sœur, de mettre un peu de distance entre nous pour la regarder autrement… Mais cette révélation ne change rien. Monique est toujours Monique. Elle m'a gardé, langé, elle a joué avec moi, elle n'est pas une sœur à moitié. Elle est *ma* sœur. Cette certitude avérée, je passe à autre chose.

Tout de même, j'ai été contrarié qu'on ne m'en ait pas parlé plus tôt. Ces faits me concernaient un peu, non ? J'en ai voulu à mes parents. « Qu'est-ce que je vais penser des autres femmes maintenant que je sais que ma mère peut mentir ! » aurais-je pu me dire, à l'instar de Césariot, dans le *César* de Marcel Pagnol.

En fait, j'ai vite oublié. Et aussi surprenant que cela soit, jamais par la suite Monique et moi n'avons évoqué la question ensemble. J'aurais pu lui demander le nom de famille de son vrai père, si elle en avait des nouvelles, les souvenirs qu'elle en gardait… Non. La pudeur que nous ont inculquée mes parents a recouvert cette histoire d'un voile de silence. Une seule fois, des années plus tard, Monique me dira en passant : « Tiens, j'ai appris que mon père vient de mourir… » Rien de plus.

Il faut dire qu'en 1960, des événements bien plus graves nous occupent. À Alger, la situation est telle que mes parents jugent plus prudent de m'exiler en France : dès la rentrée de septembre, j'irai poursuivre ma scolarité dans un pensionnat de La Rochelle. Un temps, papa a pensé m'envoyer à La Flèche, au Prytanée militaire. Quelle idée saugrenue ! A-t-il imaginé cinq minutes qu'avec mes piètres résultats scolaires, je pouvais briguer l'École navale, Saint-Cyr ou Polytechnique ? Je serais mort d'ennui et j'aurais fini par mettre le feu aux bâtiments. Je l'en ai vite dissuadé. C'est maman qui a pensé à une parente de La Rochelle. Toute la semaine, m'explique-t-elle, je serai pensionnaire au lycée Fromentin et, le week-end, je dormirai chez Mathilde et André, son mari. « Tu verras, mon chéri, elle est très gentille, ta tante... », m'a-t-elle assuré avec son doux sourire. Et lorsque ma famille me manquera trop, au moment des petites vacances, je pourrai « monter » à Paris, où ma sœur, qui vient de s'y installer, sera heureuse de m'accueillir. Tout est balisé pour que je n'aie pas à souffrir de leur absence.

Ma mère m'accompagne en France pour mon inscription au pensionnat et l'achat des fournitures scolaires. Quelque temps avant la rentrée, nous nous installons à Fontenay-le-Comte, en Vendée, dans l'hôtel que possède la sœur de ma mère (un établissement coquet, l'Hôtel de France, dont Simenon s'est inspiré dans l'un de ses romans).

Sur la liste imposée par la pension, il est écrit : « Deux pyjamas classiques, sans fantaisie. » Voilà qui annonce la couleur ! Dans un grand magasin de Niort, elle m'achète donc le parfait trousseau du pensionnaire : entre autres deux pyjamas en pilou gris foncé, une cargaison de chaussettes montantes en laine, des slips blancs très généreux, dans chacun desquels un lapin et sa famille auraient pu habiter. J'ai l'impression qu'elle est en train de me constituer un paquetage de prisonnier.

## *Mathilde Bovary de La Rochelle*

Tante Mathilde est une femme d'une cinquantaine d'années, à l'allure de dame patronnesse : manteau gris, petit bibi d'astrakan, sac vernis et camée ovale qui ferme haut son chemisier. Très gentille, au demeurant, maman a dit vrai. Avec, parfois, une lueur espiègle dans les yeux. Elle devait être farceuse dans sa jeunesse, Mathilde ! André, son mari, est représentant en vins et spiritueux. Je comprends vite, en voyant ses joues rouges et son nez boursouflé, qu'il a tendance à abuser de ses échantillons avec ses clients. Mais il n'est pas méchant, juste lointain, isolé dans son monde, entre volutes de cigarettes papier maïs et vapeurs d'alcool.

Dans leur maison, rue des Intendants, j'occupe la chambre du fils unique qui a quitté le domicile parental pour aller ailleurs poursuivre ses études. Son grand garçon envolé, Mathilde est contente de récupérer un guignol qui va mettre un peu d'ambiance chez eux. Elle rigole bien quand je lui raconte mes histoires de pensionnat. Mais, hormis le vendredi soir où je dîne avec eux, ils ne s'occupent pas beaucoup de moi. Le week-end, je fais à peu près ce que je veux, il suffit que je prévienne quand je rentre tard. Quant au détail de mes sorties, j'invente comme je respire, je suis un véritable as du mensonge. Bref, je ne pouvais pas mieux tomber !

Je suis étonné de découvrir leurs habitudes de vie provinciale, encombrées de règles, de codes, de conventions, tellement éloignées de la diversité que j'ai connue jusqu'alors. Chez eux, tout me semble un peu rétréci. Leur existence est à l'image des pas minuscules que fait Mathilde quand elle se déplace.

À l'image, aussi, de sa façon de cuisiner : elle pèse tous ses aliments sur une balance qui ressemble à un pèse-bébé. Ce que nous mangeons est la portion « juste », afin qu'il n'y ait jamais de restes, pas de perte. Heureusement qu'à la cantine du lycée, je dévore littéralement. Le premier semestre, je prends cinq kilos ! « Dis donc, ça te profite le climat, hein ? » me dit ma tante en me pinçant la joue. En effet ! J'ai tellement froid ici que j'engloutis tout ce qui passe pour me réchauffer. Pour moi, la Norvège commence à La Rochelle. Qu'est-ce que j'ai souffert le premier hiver ! Malgré le manteau que maman m'a acheté, le premier de ma vie, qui me donne l'impression d'être Jack London dans le Grand Nord canadien.

Dans cette ville de province, le regard ne file jamais aussi loin qu'il le voudrait, il y a toujours un mur pour l'entraver, un immeuble qui cadre l'horizon. Les premiers jours, l'air me manque, jusqu'à ce que je puisse quitter le bitume et trouver une plage au bord de l'Atlantique, respirer les embruns, les yeux perdus dans les nuages en repensant à ma ville blanche, là-bas, en Méditerranée. Oserais-je dire qu'Alger me manque autant que mes parents ? Pour moi, c'est un tout, l'image d'une douceur de vivre que je n'imagine pas perdre. J'ai la nostalgie de ma ville, de cette chaleur parfumée qui me montait aux joues, enivrait mes sens, et du soleil qui effaçait les couleurs et troublait les lignes. À La Rochelle, tout m'étonne, les ruelles médiévales, l'herbe qui pousse entre les pavés, les maisons à arcades, les vieilles pierres de la place d'armes, la magnifique cathédrale, la porte de la Grosse Horloge, le parc zoologique, le canal… Et, surtout, la boîte de nuit près des tours qui gardent le Port, la fameuse Boucane, rue de la Chaîne, où, mais je ne le sais pas encore, je passerai bientôt tous mes samedis soir…

C'est à l'occasion d'une balade dans ces rues que je découvre la télévision. En 1960, elle n'a pas encore envahi les foyers, loin s'en faut. Souvent, le samedi, je m'arrête à la devanture du magasin Thomson pour voir les matchs de foot ou de rugby. (Papa, les matchs à la radio, c'était bien, mais une fois qu'on les a vus à l'écran, même en noir et blanc, c'est impossible de revenir en arrière !) J'aime me retrouver devant la vitrine avec une vingtaine de mordus, à crier avec eux quand il y a essai.

À défaut de télévision, il y a les livres et tante Mathilde m'a ouvert la porte de sa bibliothèque. Grande lectrice, elle me recommande des ouvrages parfois sulfureux, comme *La Garçonne* de Victor Margueritte.

« *La Garçonne*... C'est bien, ce livre ?

– Oui, oui, vas-y, ça va te plaire... », répond-elle en me le tendant.

Je l'ouvre au hasard et je lis : « Un feu brûlait, inextinguible, dans les os de la quinquagénaire... » Sidéré, je la fixe et elle éclate de rire, le rouge aux joues :

« Non, non... mais tout n'est pas comme ça ! »

Le reste est pire. Mais ça m'a bien plu.

Drôle de femme, cette Mathilde, à la fois gaie et pudibonde, qui, certains soirs, lorsque son mari est parti se coucher – « Je vais au boulevard des allongés », a-t-il coutume de dire – et que nous sommes seuls dans son salon, aime se confier à moi. Elle rêve tout haut d'une autre vie, elle aspire à franchir les étapes vers une classe sociale supérieure et me parle, d'un air gourmand, de la grande famille Delmas-Vieljeux, les armateurs de La Rochelle qu'elle admire et qu'elle adorerait fréquenter. « Je prendrais bien un thé avec certaines de ces dames, je les trouve discrètes et élégantes, et puis tellement pieuses. » Et ça, pour ma tante, c'est un argument ! Je souris, attendri devant cette Emma Bovary des Charentes, et je pense à ma mère qui n'aurait peut-être jamais quitté sa province si l'amour et l'aventure ne l'avaient pas embarquée. Le destin tient parfois à si peu de chose…

## *« Votre neveu est braque, madame ! »*

Le lycée Eugène Fromentin est une immense bâtisse de trois étages datant du XVIIe siècle, imposante et austère, avec ses coursives en arceaux et son immense cour de bitume granité. Je mets du temps à me repérer dans ce dédale de couloirs et de salles. Les premiers jours, je me sens écrasé par ces murailles vertigineuses et impressionné par la majesté du lieu. Je ne sais pas si je vais faire du bon travail dans ce lycée, mais, en tout cas, il a de l'allure.

J'aborde la France par une petite ville de province, avec des compagnons de classe qui sont des gars du coin et me parlent de rugby, de bringues et de nanas avec qui ils rêveraient de conclure. Mon expérience africaine, ils n'en ont rien à faire ! Le dortoir, la cantine, l'étude, la ruée pour aller se laver les dents, les cavalcades dans les escaliers, c'est comme une nouvelle planète. Moi, si solitaire au fond, malgré mon grand frère et mes copains, cette vie communautaire avec des garçons de mon âge, ça me plaît bien. C'est aussi la première fois que je m'éloigne de mes parents aussi longtemps, et cette distance qu'ils ont voulu mettre entre eux et moi pour me protéger va me « décoller » de la relation fusionnelle qui était la nôtre, même si je leur conserve toute ma tendresse.

En revanche, ce qui a traversé la Méditerranée dans mes valises et qui va perdurer, c'est mon goût du spectacle. Au lycée Fromentin, mes capacités à pousser les profs à bout vont atteindre des sommets.

Ce matin-là, comme chaque semaine, nous quittons l'établissement pour rallier le stade municipal. Sur le trottoir d'en face, un groupe de filles passe et je fais le clown pour amuser les copains. Ça rigole dans les rangs. « Leymergie, ça suffit ! » braille le prof de gym, un type d'une trentaine d'années, plutôt sympathique, mais que l'indiscipline hérisse. Depuis le début de l'année, il m'a dans le collimateur. En voilà un que je ne fais pas du tout rire, par exemple !

Arrivés sur place, on tombe la veste et la culotte de survêtement et nous voilà partis autour du stade en petites foulées. Brusquement, je m'arrête et repars en sens inverse. Ceux qui me croisent se retournent en se tordant : « Hé ! Hé ! Regarde ce qu'il fait, Willy ! »

Pour le prof de gym, c'est la goutte de trop. Au moment où je passe devant lui tout sourire, il me chope par le tee-shirt, fou de colère, et me jette à terre. « Je perdrai peut-être mon boulot mais, toi, je vais te casser la gueule ! » hurle-t-il. Heureusement pour moi, son collègue nous a vus et il arrive en courant : « Ne fais pas le con, laisse-le… », dit-il au prof de gym. S'il ne nous avait pas séparés, l'autre me massacrait !

C'est vrai que je suis provocateur, mais j'aime tellement faire le show ! Naïvement, je pense que tout le monde me trouve drôle. Un autre jour, alors que notre professeur de français s'est absenté quelques minutes de la classe au moment de nous rendre nos dissertations, je me précipite sur le paquet de copies et j'annonce haut et fort leurs notes à mes camarades : « Alvez, tu as 12 ; Lemaître, 11 ; toi, Caradec, c'est pas terrible, t'as que 6 ! » Les rires fusent : « Il est gonflé, ce Leymergie ! », et, bien évidemment, je me fais surprendre par le prof et punir, une fois de plus. Pourtant, je n'ai vraiment pas l'impression de leur manquer de respect. Je me trouve effronté, pas insolent. Mes profs ne perçoivent pas bien la nuance.

De toutes les façons, quoi que je fasse, cela n'empêchera pas ma mère d'envoyer chaque semaine son petit colis. Elle y met tout ce que j'aime : des bandes dessinées, du chocolat, des gâteaux et du lait concentré sucré que je tète le soir dans mon lit, comme un nouveau-né. Fabriqué en métropole, le tube Nestlé part en Algérie et maman me le retourne ! Je pourrais aller en acheter à l'épicerie du coin, mais celui-là est bien meilleur parce que bourré d'amour. Mon père m'envoie de l'argent avec lequel je m'achète un tourne-disque, mon premier Teppaz. C'est l'époque où je découvre Johnny, Cloclo, Françoise Hardy, les yéyés, plus pour suivre mes copains que par choix personnel, vu que je ne connais rien à la variété française.

Pour le lycée, tante Mathilde est ma « correspondante », l'adulte référent qui répond de moi. Elle n'imaginait pas, en acceptant cette fonction, le nombre de bêtises dont elle aurait à assumer la responsabilité. Elle couvre mes frasques et ne parle jamais à mes parents de mes punitions. (Ils doivent d'ailleurs trouver cela suspect : Willy serait-il devenu un ange ?)

Même ce jour où elle est convoquée au lycée par le censeur.

« Qu'est-ce que tu as fait ? me demande-t-elle, la lettre entre les mains.

– Oh, c'est rien, il doit se tromper ! » dis-je, espérant qu'elle renoncera à s'y rendre.

Mais Mathilde est consciencieuse. Direction le lycée. Le moment est solennel. Le censeur nous reçoit dans son bureau poussiéreux aux meubles de bois noir, et il a revêtu sa gueule des mauvais jours. Après quelques minutes où il nous observe les yeux plissés, il révèle à ma tante que les week-ends où je reste au pensionnat, ce n'est pas par surcroît de travail – ce que je lui ai raconté – mais parce que je suis *collé* ! Mathilde écarquille les yeux.

« Votre neveu est braque, madame..., conclut-il avec le ton du médecin qui annonce une maladie grave.

– Heu... braque ? Vous êtes sûr ? » demande-t-elle d'une voix chevrotante.

Pour toute réponse, le directeur lève les yeux au ciel.

À peine rentrés, nous regardons la définition dans le dictionnaire. Elle n'avait jamais entendu ce mot ! Moi non plus, mais je voyais à peu près ce qu'il signifiait...

Mathilde ne sait pas que, le soir, je retourne le dortoir de l'internat ; elle ignore qu'être collé le week-end, c'est merveilleux car je retrouve les quatre dingos du lycée pour des pique-niques nocturnes « rillettes-gâteaux-cigarettes » dans les lavabos. Elle ne sait pas que je rends fous tous mes professeurs, et que ça ne date pas d'hier.

Alors elle s'en veut, elle culpabilise.

« Mon Dieu, c'est ma faute, j'aurais dû faire plus attention à toi, tes parents vont m'en vouloir..., gémit-elle.

– Mais non, tatie, tu n'y es pour rien ! T'inquiète pas, je vais me calmer maintenant, je te le jure ! »

Elle me regarde, dubitative :

« Je ne le dis pas à ta mère, mais tu me promets de faire un effort, hein ?

– Mais oui, tatie, tout va bien... »

Et on s'embrasse gentiment. Fin de l'incident. Merci, tatie, tu es mon amie.

Deux jours plus tard, je me fais prendre par un surveillant en train de fumer. Avec mes copains, la stratégie était pourtant au point. Les pions qui passaient le long des escaliers sentaient bien quelques effluves de tabac mais, tant qu'ils ne nous voyaient pas, ils ne pouvaient accuser personne. La niche sombre sous les escaliers de bois qui mène au dortoir était devenue notre fumoir. C'est là qu'on se réfugiait. D'autant qu'avec nos blouses de coton anthracite – les mêmes qu'on voit dans les films de Clouzot –, on se fondait dans le décor. Et pour être sûrs qu'un petit fayot de sixième ne nous dénonce pas, nous nous étions acoquinés avec deux balèzes qui faisaient office de gardes du corps. Une fois nos P4 et nos Boyard fumées, on les frottait par terre et on glissait les mégots dans nos poches. Une organisation en béton armé.

Jusqu'à ce que, ce jour-là, un pion déboule sous l'escalier et nous coince : « Vous fumez, peut-être ? » demande-t-il sans sourire. Nous venions juste de ranger nos bouts de clope. Je pourrais nier, mais n'ayant pas encore appris à avaler la fumée, je l'ai toujours dans la bouche…

« Leymergie, vous ne m'avez pas entendu ? insiste-t-il en se penchant vers moi.

– Si, si… », suis-je obligé de répondre et, ce faisant, je lui envoie une énorme bouffée de fumée sous le nez.

Le pion bondit sur moi, me saisit par le col et me traîne directement chez mon vieil ami, le censeur. Les autres en profitent pour se carapater, c'est moi qui prends tout, une fois de plus. Deux week-ends de colle.

J'en aurai fait des « lignes » pendant mes heures d'étude, des « Je ne dois pas fumer en cachette sous l'escalier » ou « Je ne prends pas la parole sans qu'on me la donne ». Autour de moi, ça travaille en silence, certains commencent déjà à piquer du nez sur leurs cahiers. Le soir tombe, c'est l'heure où l'on aimerait se dégourdir les jambes avant d'aller au réfectoire puis au lit, mais il faut encore cravacher. Dans cette étude, j'ai repéré un drôle de type, plus jeune que moi, un Parisien que ses parents ont inscrit dans ce lycée à La Rochelle parce qu'ils ont une résidence secondaire sur l'île de Ré. Il m'intrigue beaucoup car il ne parle que d'animaux, d'oiseaux… Dans les revues posées sur sa table, il y a des photos de fauves, de grands singes, et il paraît que son casier abrite un hamster et, parfois même, des serpents ! Totalement atypique, il est plutôt marrant, tout le monde l'aime bien, mais ce qui m'intéresse surtout, c'est qu'il est abonné au magazine *Pilote* et qu'il nous le prête quand il l'a lu. En province, on ne connaît pas encore ce journal formidable, bien plus marrant que *Spirou* ou *Tintin*.

Ce garçon à qui je n'ai jamais beaucoup parlé, je l'ai retrouvé bien plus tard à la télévision : il s'appelle Alain Bougrain-Dubourg, et il a fait un métier de sa passion.

Alain, il faut que je t'avoue quelque chose, cinquante ans plus tard : un jour, tu as sorti de ton portefeuille une photo de ta sœur. Elle était tellement jolie que je t'ai subtilisé le cliché pour le montrer à des copains en la faisant passer pour ma petite amie. Je me suis taillé un beau succès, crois-moi, et j'en ai fait fantasmer plus d'un ! *Mea culpa*.

Dans un coin de la salle d'étude, j'aperçois notre vieux pion, le plus vieux du lycée, un bonhomme aux cheveux rares, ratatiné dans sa blouse grise, qui se roule une méchante cigarette de tabac brun. Il doit bien y avoir vingt ou trente ans qu'il rôde dans les couloirs pour faire rentrer les élèves dans leurs classes, comme un berger rassemble son troupeau. Hanter les escaliers et les coursives, c'est son job, il n'en a jamais fait d'autre, avec toujours la même phrase à la bouche : « Qu'est-ce que vous attendez, là ? » Au fil des ans, la phrase s'est érodée, lui-même s'en est lassé, c'est devenu un « quaquendéla ? » si peu convaincu qu'on ne l'écoute même plus. Qu'est-ce qu'on lui en a fait voir, le pauvre homme ! Aujourd'hui, j'y pense avec beaucoup de tendresse.

## *La Boucane, première*

Vendredi soir. Début du week-end et, pour une fois, je ne suis pas collé. La plupart de mes copains pensionnaires quittent La Rochelle pour se rendre dans les villages alentour et souvent je me retrouve seul. Le samedi soir, je vais donc au cinéma voir le film italien *Boccace 70*. Devant moi, deux filles rigolent et font claquer leurs talons sur le sol en bois. De toutes parts, c'est un concert de « Chuuuut ! », de « Silence ! » et de « Taisez-vous ». Je les regarde du coin de l'œil, elles m'intriguent ! Quelques minutes avant la fin du film, elles s'éclipsent. Lorsque je sors, elles ont disparu.

Je commence à remonter la rue quand une Dauphine blanche s'arrête à ma hauteur. La vitre se baisse aussitôt et je reconnais les deux filles.

« Vous allez où ? » me demande la passagère.

Je m'apprêtais à rentrer chez moi mais, si je dis « Je rentre chez Tatie… », je vais avoir l'air d'un con !

« Oh, je descends sur les quais, je vais boire un verre dans un bistrot… Et vous ? je réponds d'un ton faussement détaché.

– Nous, on va à La Boucane ! »

La Boucane, je n'y suis jamais allé.

« Ah, oui… Et c'est bien ?

– Ben, montez, vous verrez bien… »

La Boucane est ouverte depuis deux mois et c'est un événement. Une boîte de nuit à La Rochelle ! Pas une salle de bal, ni un bistrot où on pousse les tables pour guincher, non, un dancing avec des tables basses, des banquettes en tissu, une boule à facettes et des cocktails.

Ici, je me retrouve dans mon élément, mes cours de danse m'ont valu quelques succès. Des séries de rocks alternent avec les slows, j'enlace sans hésiter l'une des deux filles, Claudine, la conductrice, qui doit avoir une vingtaine d'années, donc quatre ans de plus que moi, une brune à frange un peu ronde mais que je trouve mignonne. Avec sa jolie taille, sa poitrine généreuse et ses jambes fines, elle me fait penser à Simone Signoret dans *Dédée d'Anvers*. Elle me plaît bien, Claudine, surtout qu'elle n'est pas farouche. À 3 heures du matin, elle me ramène chez moi en voiture. « Salut ? – Salut ! – On se reverra ? – Samedi, si tu veux ! » Quelques baisers gourmands, une main qui se balade sous son pull, un gloussement étouffé et me voilà seul dans la rue des Intendants, déserte à cette heure.

Ensuite, c'est le banal parcours des ados qui rentrent chez leurs parents au milieu de la nuit et que je vais réitérer maintes fois : la clé que l'on retient dans la serrure, la porte qui grince plus qu'on ne voudrait, l'oreille qui se tend dès que le bois de l'escalier craque et la marche dans le noir, sur la pointe des pieds, jusqu'à la porte de la chambre dans laquelle on se déshabille, sauvé, le cœur battant et le sourire aux lèvres. Tête sur l'oreiller, les yeux ouverts dans l'obscurité, on se remémore la soirée, les oreilles sifflant d'avoir été malmenées par trop de décibels…

Le lendemain matin, je me lève à une heure raisonnable et réponds, comme si de rien n'était, aux questions de ma tante qui s'affaire en cuisine. Non, non, je ne suis pas rentré trop tard, minuit et demi, je crois ; et, oui, le film était bien – même si je n'y suis pas allé, je raconte l'intrigue grâce au synopsis que j'ai lu dans une revue de cinéma. Et, si on me le demande, je donne les noms des copains censés m'avoir accompagné, en choisissant les éléments les plus présentables. Capital pour Tatie !

Sans doute n'ai-je jamais été aussi bon comédien qu'à cette époque ! Ce n'est pas que je me moque d'elle, je l'aime bien, Mathilde, mais, comme tous les adolescents, je mens pour me sentir libre. Et à quinze ans, j'ai envie de sortir tard et de draguer des filles. Mon horizon se résume à ça.

À dater de ce jour, chaque samedi, je suis allé danser à La Boucane, rentrant à l'aube, et ma tante n'y voyant que du feu. Et, comme par enchantement, j'ai eu beaucoup moins de colles le week-end.

Les filles, elles hantent nos discussions, nos vantardises. Au lycée Fromentin, pas de demoiselles pour soulager nos obsessions, mais il arrive qu'on les rencontre en ville. Marchant deux par deux, nous croisons sur le trottoir d'en face une classe d'adolescentes du lycée voisin, en cape bleu marine et chemisier blanc, conduites par une religieuse. Les têtes se tournent de part et d'autre, un sourire, un signe discret de la main, les plus audacieux envoient un clin d'œil auquel les plus délurées répondent par un baiser du bout des doigts. Déjà les groupes s'éloignent. Jusqu'à la prochaine fois…

Comme il fallait bien trouver un stratagème pour les approcher, on s'est tous inscrits aux conférences « Connaissance du Monde » où un obscur explorateur présente son documentaire. Formidables, ces conférences ! Nous n'avons strictement rien à faire de ce qu'il nous raconte, en revanche les jeunes lycéennes qui ont pris place dans la salle de cinéma en même temps que nous nous intéressent beaucoup. D'autant que le pion qui nous accompagne nous a laissés nous installer où on voulait. Déjà, des duos se forment et, au bout de dix minutes, plus personne ne regarde le film, c'est la drague à tout-va !

Quinze ans… c'est le temps des roucoulades, des dimanches où l'on se promène en se tenant par la main, par le cou, où l'on a envie de séduire en s'habillant à la mode. Et justement, dans les magazines de Mathilde, les premiers pulls à col rond viennent de débarquer. Comme mes copains, je ne porte que des pulls en V et n'ai pas d'argent pour m'en offrir. Mais j'ai une idée.

Un samedi soir, avant de rejoindre Claudine à La Boucane, je pique un joli pull à mon oncle André, l'enfile à l'envers, le « V » dans le dos, mon blazer par-dessus. Ni vu, ni connu. Pour parachever ma tenue, je cherche dans sa garde-robe un foulard en soie, mais ne trouve qu'une longue écharpe que j'entortille tant bien que mal par-dessous, autour de mon cou, de mes épaules et de mon torse.

Ravi de mon astuce, je file à la boîte. Au début, tout va bien, j'ai le look parfait : pull à col rond, chemise, foulard et veste, impeccable. Claudine, qui a tout de suite repéré ma nouvelle tenue, me jette des regards énamourés. Wouah, quel chic ! Le disc-jockey lance une série de rocks et je me précipite sur la piste avec ma copine. Je danse, je tourne, mais au fur et à mesure que je m'échauffe, le foulard remonte du col comme un soufflé, et finit par former un goitre géant sous mon menton.

« Eh, Willy, t'as pas chaud ? Enlève ton blazer ! » me crie Claudine.

Effectivement, j'étouffe et, sans y penser, je tombe la veste. Autour de moi, c'est l'éclat de rire général !

« C'est quoi ce foulard ? C'est un drap ? s'exclame ma copine en se tordant. Et pourquoi t'as mis ton pull à l'envers ? »

Rouge de honte, je me débarrasse du pull et de l'écharpe, en fait une boule que je planque sous une banquette. Quand je retourne sur la piste de danse, en chemise et un peu humilié, Claudine en pleure encore de rire :

« Qu'est-ce que tu as fait de ta fraise ? » me dit-elle en m'embrassant tendrement.

Mes tentatives vestimentaires l'ont bien amusée. Mais ce soir-là, j'ai appris une chose à mes dépens : c'est souvent lorsqu'on a l'air désemparé que les filles nous aiment.

## *Paris s'éveille*

Claudine, je l'aime bien, même si je lui fais quelques infidélités lorsque je vais passer les fins de semaine à Fontenay-le-Comte. C'est un bonheur d'aller chez ma tante. Là-bas, je suis comme un coq en pâte et on mange si divinement ! Moi qui adore regarder et écouter, à l'Hôtel de France je suis comblé. Quels drôles de types, les représentants de commerce qui s'arrêtent là ! Ils portent des costumes tristes et mal coupés et mangent tous la même chose. Toujours seuls, ils s'asseyent à une table, dînent silencieusement en feuilletant un journal, saluent de la tête et montent dans leur chambre. Pas folichon, la vie de VRP !

Un soir, l'un d'eux sort après dîner et revient accompagné d'une dame. Ma chambre sous les toits étant mitoyenne de la leur, pour la première fois de ma vie, j'entends une musique de soupirs suivis de longs gémissements. D'abord statufié dans mon lit, je cours coller mon oreille contre la cloison. Je n'en reviens pas. Madame semble ravie et le représentant en pendules bien plus remonté qu'il n'en avait l'air !

Je n'ai pourtant pas besoin d'eux pour alimenter mes fantasmes. Déjà, j'ai repéré une des serveuses qui nous frôle effrontément, mes cousins et moi, lorsqu'elle débarrasse les tables. Un jour, nous montons avec elle sous les toits pour l'aider à étendre sa lessive sur les fils. Dans cette grande pièce tendue de draps, de serviettes, de torchons, on joue à cache-cache en fonçant tête baissée dans le linge, comme des taureaux dans la muleta. Ou comme Alain Delon et Claudia Cardinale dans *Le Guépard* lorsqu'ils se retrouvent dans les combles du palais du prince Salina. Un soir, pour nous remercier de l'avoir aidée (on a surtout mis la panique dans ses draps), Suzanne nous laisse toucher sa poitrine…

À Fontenay, j'ai un petit flirt rencontré au cinéma, une fille de treize ans à peine, toute mignonne et toute ronde, que mes baisers ne laissent pas insensible. Chaque fois que je viens, on se retrouve discrètement mais ses parents, aux aguets, comprennent notre manège et se plaignent à ma tante. Je me fais tirer l'oreille. Quant à mon amoureuse, elle est retirée de sa pension et envoyée dans une autre, loin de là. Dommage… Je l'aurais bien emmenée dans ma chambre pour écouter l'émission *Salut les copains* à la radio. C'est ce qu'on fait, le samedi après-midi, avec mes cousins, affalés sur mon lit. Ensuite, on file au cinéma.

Les soirs où l'on ne rentre pas trop tard, il arrive qu'on assiste à la fin des dîners donnés par le Rotary Club local, leurs membres réservant souvent la salle du restaurant pour leurs agapes. Ça chante, ça rigole, sans distinction de sexe. Ils sont drôles, ces notables, quand ils sont bourrés. On n'a pas ça en Afrique, hormis notre doc Johnnie Walker ! Lorsqu'ils sont tous partis, on aide Tatie à débarrasser les tables, en finissant les plats et, surtout, les fonds de bouteilles. Je crois que c'est là que j'ai pris ma première cuite…

Comme chaque lundi matin, ma tante me réveille à l'aube pour que j'attrape le train qui me ramènera à la pension. À 6 heures, le compartiment est rempli d'ouvriers en bleu de chauffe, musette à l'épaule et « capette » sur la tête. Ils vont travailler sur les chantiers navals de La Rochelle. Moi qui somnole dans un coin, je suis frappé par leur bonne humeur matinale, leurs blagues et le litron de vin blanc qui tourne au rythme des rires. Je n'avais jamais vu d'ouvriers auparavant, et j'ignorais qu'on pouvait être si content d'aller travailler ! J'ai découvert plus tard que ce n'était pas toujours le cas.

Pour les vacances de la Toussaint, ma sœur m'a invité chez elle, à Paris. La perspective de visiter la capitale m'a donné envie de soigner mon apparence, et, pour lui faire honneur, j'ai repéré un beau caban bleu marine. Mes finances n'étant pas extensibles, j'ai dû me rabattre à contrecœur sur un pardessus trois-quarts sans grande tenue et même pas chaud. J'y ai associé un chapeau en feutre mou de couleur verdâtre. L'ensemble est exécrable mais je me trouve séduisant ainsi, pensant qu'à Paris personne ne marche sans couvre-chef. Quand ma sœur m'ouvre sa porte, elle a un mouvement de recul. Le provincial dans toute sa splendeur !

« C'est quoi, cet accoutrement, Willy ?!

– Tu n'aimes pas mon chapeau ? dis-je, interdit.

– Ce n'est pas ça, mais… tu as quinze ans, personne ne porte un chapeau à ton âge, voyons !

– On verra… Pour l'instant, je le garde. »

Je suis un chouia vexé. Je porterai cet affreux chapeau quelques jours pour ne pas perdre la face, mais pas davantage : ma sœur a raison, je suis le seul môme à me balader ainsi dans les rues de Paris ! Moi, je trouvais ça plutôt chic. Comme les acteurs des films de Sacha Guitry, gantés et chapeautés, ou ceux du cinéma américain des années 1930, années brillantes et raffinées.

Je profite d'être à Paris pour découvrir le « vrai » théâtre, si je puis dire. Depuis que je suis au pensionnat, chaque mois, grâce à un copain qui me l'a collée entre les mains, je lis le texte intégral de toutes les pièces qui sortent dans la revue *Avant-Scène*. C'est ainsi que je connais Anouilh, Giraudoux, Roussin, Sartre, Camus, Ionesco et d'autres auteurs. Pour moi, le théâtre, c'est de la lecture, et de la même façon qu'à Alger j'écoutais les matchs de foot à la radio, je lis les répliques et j'imagine les acteurs, les voix, les costumes. Lorsque j'assiste à *Léocadia* d'Anouilh à la Michodière, c'est une révélation. J'ai admiré le texte, j'adore le spectacle. C'est d'ailleurs le théâtre qui me conduira à la littérature. L'écolier frondeur se mue peu à peu en un étudiant passionné.

Paris est une ville époustouflante qui ne ressemble à rien de ce que je connais. Ici, les cinémas osent se montrer, avec leurs affiches démesurées. Et dire que je pensais ne jamais voir plus grand que L'Empire à Alger ! Ici, j'ai l'impression d'être dans un film de la Nouvelle Vague et lorsque je déambule sur les grands boulevards, je m'attends à voir surgir Jean-Claude Brialy ou Gérard Blain. Plus que les rues, ce sont les Parisiens qui me frappent, et en particulier les Parisiennes. Je les trouve incroyablement délurées. Elles regardent les garçons sans baisser les yeux, elles fréquentent les bars, jouent au flipper, se baladent en petites bandes. Dans le bistrot du boulevard Malesherbes où je vais prendre mon café, elles parlent aussi fort que les filles émancipées du film *Les Tricheurs* de Marcel Carné. Elles sont à croquer avec leurs petites tailles serrées, leurs jupes tulipes et leurs ballerines ! Lorsqu'elles bravent mon regard, c'est moi qui détourne les yeux.

Mon Paris, c'est ça : les théâtres aux fauteuils de velours rouge, les cinémas géants comme le Rex et les jolies filles à chaque coin de rue. Sans oublier le métro, son odeur puissante et âcre, ses couloirs interminables mais aussi ses escaliers où déambulent les jambes des femmes.

À mon retour à la pension, mon voisin d'étude m'entend raconter ma virée dans la capitale. Mes copains partis, il s'approche de moi et m'invite à venir jeter un œil dans son casier. « Regarde ! » m'annonce-t-il fièrement. Il a sorti un gros tas de tickets de métro entourés d'un élastique. Il doit y en avoir une centaine impeccablement attachés, tous oblitérés. Des tickets comme ceux-là, j'en ai jeté des dizaines et, à l'intérieur du métro, il suffit de se baisser pour les ramasser. Mais pour ce petit gars de la campagne, ces objets emblématiques de Paris constituent un véritable trésor. C'est la seule personne de ma vie que j'aie vu collectionner des tickets de métro poinçonnés !

J'ai eu envie de hausser les épaules mais, devant son enthousiasme, je reste muet. Finalement, il m'émeut et, le week-end suivant, j'accepte de l'accompagner sur le port pour boire un verre dans le bar où sa mère travaille. Une bonne bière, ça ne se refuse pas !

« Tiens, tu es venu avec un petit camarade ? » nous dit-elle, gentiment.

Petit… petit… j'ai quand même quinze ans, non ?

« Asseyez-vous, mes enfants, je vais vous servir deux verres de lait… »

Du lait… bien sûr… merci, madame.

Ce bar de « La Marine » est resté un lieu culte de ma mémoire. C'est là que j'ai découvert ce que l'on appelait à l'époque un « scopitone ». C'était une sorte de juke-box avec un écran qui permettait de regarder une chanson filmée. Claude François avec « Belles belles belles » et Johnny Hallyday pour qui « la vie va commencer ». L'ancêtre des clips dont beaucoup d'entre eux étaient réalisés par un jeune metteur en scène qui, trente ans plus tard, me fera tourner dans deux de ses films : Claude Lelouch.

## *La nuit de la peur*

En janvier 1961, le peuple français a approuvé par référendum le principe de l'autodétermination avec plus de 75 % des votes en métropole, et 69 % en Algérie. De Gaulle déclare l'Algérie « État souverain ». Les jeux semblent faits.

En réalité, rien ne va plus. C'est une chose étrange pour un adolescent de revenir en vacances dans un pays en guerre. Les combats se déroulent dans le bled, à une quarantaine de kilomètres d'Alger. Mais dans la ville, comme à Oran ou à Constantine, la tension est palpable. Je continue d'aller au club nautique, à la plage, mais moins au restaurant et au cinéma à cause des risques accrus d'explosions. La naissance de l'OAS (Organisation de l'armée secrète) en mars 1961 s'est concrétisée en métropole par des attentats, et en Algérie par l'assassinat de personnalités politiques, d'intellectuels, de policiers ou de journalistes favorables au FLN. Même les commerçants musulmans soupçonnés de le soutenir ne sont pas épargnés. En conséquence, partout la surveillance s'est durcie, en particulier depuis qu'on sait que des fatmas peuvent cacher des grenades sous leur voile. On dit même que, dans la Casbah, des hommes revêtent le costume féminin pour transporter des armes. Les Algérois redoublent de vigilance et, à 22 heures, tout s'arrête : c'est l'heure du couvre-feu. En quelques minutes, les rues d'Alger se vident et les patrouilles militaires entament leur ronde.

Je viens à Pâques passer quelques jours de congé. Mon père commande désormais la base militaire de Rouiba, à trente kilomètres de la capitale. Il a en général le temps de revenir à la maison avant le couvre-feu. Ce soir-là, comme d'habitude, ma mère et moi l'attendons pour dîner. Je ne me souviens pas qu'il ait téléphoné pour dire qu'il serait en retard, mais à 21 heures, il n'est toujours pas là. Maman me sert le repas puis décide de veiller encore un peu. À 22 heures, quand je vais me coucher, il n'est toujours pas rentré.

En 1961, je ne suis plus si petit, je pourrais la questionner ou lui proposer de patienter avec elle, mais je ne le fais pas. Peut-être parce que j'ai toujours connu des tensions en Algérie, et que finalement la situation ne m'inquiète pas plus que cela. Vivant à La Rochelle, j'ai pris de la distance par rapport aux événements. Je me dis que les choses vont bien finir par rentrer dans l'ordre.

Le lendemain matin, vers 9 h 30, quand je sors de ma chambre, ma mère est assise dans le salon, au même endroit où je l'ai laissée la veille, emmitouflée dans sa robe de chambre. Elle fume une cigarette – ce qu'elle ne fait jamais – l'air hagard, comme exténuée. Je la regarde sans vraiment la reconnaître : on dirait une vieille femme. Ses cheveux ont blanchi en une seule nuit. Je vais m'asseoir près d'elle et lui prends la main :

« Maman, qu'est-ce qui se passe ? Tu n'as pas dormi ?

– Non. Ton père n'est pas rentré… »

Ses yeux sont rouges et cernés. Je tremble :

« Mais… comment… »

Elle lève sa main vers ma joue, son doux sourire m'interrompt :

« Oh ! n'aie pas peur, mon chéri, tout va bien. Il a appelé il y a une heure. Mais qu'est-ce que je me suis inquiétée, mon Dieu ! »

Je réalise alors qu'elle a attendu toute la nuit, imaginant le pire. La peur a succédé à l'inquiétude, puis l'effroi l'a envahie peu à peu, et elle est restée là, seule, prostrée, dans un silence assourdissant.

Une fois de plus, je n'ai pas eu le fin mot de l'affaire. Sans doute le couvre-feu a-t-il empêché mon père de quitter la base. Mais pourquoi n'a-t-il pas téléphoné plus tôt ? Est-il possible qu'il n'ait pas imaginé qu'il allait lui faire passer la plus terrible nuit de sa vie ?

Ce jour-là, je n'ai pas rejoint mes copains qui m'attendaient, je suis resté près d'elle, évitant de lever les yeux vers ses cheveux que je n'avais pas vus blanchir. Je regardais son pauvre visage sur lequel était inscrits la peur de perdre son époux et l'amour qu'elle lui portait. Elle était si touchante, si fragile que j'en voulais à mon père. Il est arrivé en fin de matinée, a vu sur la table le cendrier débordant de mégots et le visage ravagé de maman. Il l'a serrée longuement dans ses bras et elle a pleuré sur son épaule comme une fillette apeurée. « Mon petit… mon petit… », murmurait-il. Je suis sorti discrètement pour les laisser se retrouver.

Les jours suivants, mon père a été plus attentionné que jamais. Mais, de cet instant-là, maman n'a plus cessé de s'inquiéter pour lui, et pour nous. Et moi, je n'ai cessé de veiller sur elle…

Quelque temps après, mon père et moi marchons dans les rues d'Alger. Toute mon enfance, nous avons arpenté ces rues ensemble. Avec son manteau croisé à martingale, comme celui de Jean Gabin dans *Touchez pas au grisbi*, papa porte toujours un chapeau à bord roulé qu'il prend bien garde de ne pas trop incliner à l'avant ou sur le côté pour ne pas faire

« voyou ». La calotte est haute avec un ruban en satin qu'il choisit le plus large possible. Il marche droit, le ventre en avant dans son pantalon de flanelle – on dirait *Monsieur Hulot* dans le film de Jacques Tati. Quand j'étais petit, il avait l'habitude de me prendre par la main, fier de montrer son fils. Là, il m'a pris par la taille, sa paire de gants en cuir dans l'autre main. Je me soumets, bien que je trouve la position extrêmement gênante : « Si des copains me croisent dans la rue, ils vont se foutre de moi ! » me dis-je en roulant les yeux de gauche à droite. Et je n'ose pas lui faire remarquer : « Papa, je t'en prie, ne me tiens pas comme ça, je suis grand maintenant ! »

Nous allons rejoindre Serge qui nous attend dans un café. Mon frère, lieutenant du 5e régiment étranger, lui a donné rendez-vous pour lui parler en dehors de la présence de ma mère, qu'il ne veut pas inquiéter. L'heure est grave : le 22 avril 1961, une tentative de coup d'État a eu lieu, que les journaux appellent « le putsch d'Alger », organisé par quatre généraux, Maurice Challe, Edmond Jouhaud, Raoul Salan et André Zeller. Ces quatre haut gradés ont désobéi aux ordres et tenté de soulever militaires et pieds-noirs pour maintenir l'Algérie à l'intérieur de la République française.

Deux cents officiers ont suivi les insurgés. Serge, qui est lieutenant de légion, se sent pris entre deux feux :

« Papa, tu as entendu le discours du Général ? demande-t-il à voix basse. Il parle d'un “quarteron de généraux félons”. Mais, toi, tu en penses quoi ? Eux disent que l'Algérie va être bradée. Et s'ils avaient raison ? Tu crois qu'il faut que je les rejoigne ? »

Mon père l'arrête net d'un geste :

« Serge, ne te mêle pas de cette histoire, c'est pourri d'avance ! Ce putsch n'aboutira nulle part ! »

Concernant les insurgés, sa position est claire. Il n'a jamais aimé de Gaulle qu'il considère comme un aventurier, mais il est légaliste :

« Il faut respecter le pouvoir en place qui a été conduit par un vote, et un gouvernement, même avec ses failles. Si tu suis ces quatre fous, tu cours à ta perte ! » chuchote-t-il encore à Serge.

La désobéissance de ces généraux le révulse. Mais, plus encore, l'emploi du mot « quarteron » par le général de Gaulle le met hors de lui :

« Un quarteron ? Mais qu'est-ce qu'il raconte ? Un quarteron, c'est le quart de cent ! Ils ne sont pas vingt-cinq, ils sont quatre ! Il est pourtant cultivé, de Gaulle, il devrait savoir ça ! »

Par bonheur, Serge écoutera notre père et ne suivra pas les insoumis sur la voie de la sédition. La suite lui donnera raison.

## *L'Algérie est indépendante*

En mars 1962, les accords d'Évian, signés entre la France et le FNL, mettent fin à la guerre. Début juillet, quand je rejoins à nouveau mes parents pour les vacances, l'Algérie vient d'être déclarée indépendante. Mon père est là pour m'accueillir à l'aéroport de Maison Blanche. Dans le hall, il règne une drôle d'ambiance : le sol est jonché de papiers, de fauteuils cassés, ici et là gisent des valises éventrées.

« Il y a eu hier des départs précipités. Ç'a été une belle pagaille… », soupire-t-il avec tristesse.

Jamais je n'ai vu mon père si abattu.

« Papa, ça va ? »

Il me sourit timidement.

« Ça va, mon Willy. Mais maman et moi étions contents que tu ne voies pas ça. Beaucoup de tes copains sont partis. En quelques semaines, la ville a bien changé, tu verras… »

L'avant-veille, un massacre a eu lieu à Oran : la consigne donnée aux commandos de l'OAS de pratiquer « la politique de la terre brûlée » a incendié la ville, et des centaines de civils européens ont été lynchés, égorgés, exécutés. Un déchaînement vengeur de feu et de sang qui a terrorisé les pieds-noirs. Depuis, ceux qui voulaient encore rester ont fui. Plutôt l'exil que la mort, même s'ils ont perdu tout ce qu'ils avaient. « La valise ou le cercueil », j'ai entendu cette expression à la radio et je n'ai pas eu besoin qu'on me l'explique, l'image est assez claire. Malgré tout, en janvier 1963, ils seront encore deux cent mille Européens à refuser de partir pour tenter le pari de l'Algérie algérienne…

Dans la voiture qui me ramène à la maison, j'observe les rues, les trottoirs bouillonnants d'Alger, essayant de voir en quoi ma ville n'est plus la même, mais je ne constate d'abord rien de différent. Les terrasses de café débordent de monde comme toujours, des gens s'embrassent, trinquent ensemble, on dirait même que la ville est plus joyeuse qu'avant. En revanche, je remarque d'énormes graffitis sur les murs :

« OAS, l'Organisation de l'armée secrète… », dis-je tout haut.

Nouveau soupir paternel :

« Ils sont fous, ceux-là… En avril dernier, on a cru que la guerre repartait dans le quartier de Bab El

Oued, malgré le cessez-le-feu. Il va falloir être prudent, Willy, le temps que le calme revienne. En tout cas, on a bien fait de t'envoyer à La Rochelle. On serait morts d'inquiétude… »

Il ne m'en a jamais dit autant et je note combien les trois lettres « OAS » ont ébranlé sa sérénité. Je le connais, s'il a tremblé ces derniers mois, c'est pour ma mère et nous, ses enfants. S'il nous était arrivé quelque chose, il n'aurait pas supporté de nous avoir entraînés dans son aventure africaine…

Mes parents ont déménagé en face du square Bresson, un charmant quartier d'où partent les « rampes », ces petites rues en pente qui mènent jusqu'au port. Face à notre immeuble, le grand café de Tantonville est le lieu de rencontre des politiques, des intellectuels et des artistes de tous bords. Un endroit mythique et qui l'est resté. Mais où nous n'irons plus, désormais. Le lendemain de mon arrivée, je suis avec maman dans le salon, en train d'écouter une chanson de Claude François à la radio – ce qui est devenu rare, car, bizarrement, la musique a déserté mon enfance. Les 33 tours de jazz que ma sœur n'a pas emportés sont toujours là, mais nous ne les écoutons presque jamais. Je fredonne : « C'est le temps de l'amour, le temps des copains… »

Soudain, des coups de feu claquent. Je les prends d'abord pour des pétards. La veille, il y a eu des feux d'artifice, des fêtes, la ville était en liesse. Nos persiennes sont tirées tant la chaleur est écrasante. Mais mon père, qui a reconnu le bruit des balles, nous hurle : « Ne restez pas devant les fenêtres, couchez-vous ! » Ma mère et moi plongeons ventre à terre et attendons, effrayés. Est-ce la guerre qui recommence ? Non, elle est bel et bien terminée, mais l'armée de libération nationale fête l'indépendance en tirant en l'air, sans penser aux balles qui pourraient se perdre. Depuis, chaque fois que j'écoute cette chanson de Françoise Hardy, j'entends la fusillade !

Bien évidemment, le regard que je porte sur l'Algérie française aujourd'hui n'a rien à voir avec celui que j'avais adolescent. Ces sujets-là étaient peu commentés entre parents et enfants, pas chez nous en tout cas. Parfois, tout de même, je surprenais des conversations. Mon père était assez pessimiste – après coup, je dirais lucide – concernant le sort des pieds-noirs, ces « Français d'Algérie » : « Cette guerre a trop duré. Huit ans ! Elle va se terminer et personne ne la gagnera…, soulignait-il, désabusé. De toute façon, ils ne pourront pas rester, c'est évident… » Il détestait les ultra-nationalistes, arrogants et parfois violents, qui criaient : « On est ici chez nous ! » Il y avait eux, certes, mais aussi tous les autres, tous ceux qui n'avaient pas l'âme de colons profiteurs, qui vivaient en Algérie depuis quatre générations et s'accrochaient à leurs biens, souvent modestes, le labeur de toute une vie. Leur statut de Français leur donnait des droits, pensaient-ils, et cette terre d'Algérie était la leur puisque leurs parents y étaient nés et qu'ils avaient tout fait pour la mettre en valeur. « Si on n'avait pas été là, cette terre serait restée en friche », disaient-ils, et ils l'ont répété jusqu'à ce qu'on les pousse vers la mer.

Mon père, lui, était favorable à ce qu'on rende le pays aux musulmans, quitte à scier la branche sur laquelle il se tenait depuis vingt-cinq ans. J'imagine qu'avec de telles idées, il devait détonner au sein de l'armée ! Mais il voyait les choses à sa manière : c'est pour côtoyer en toute fraternité Africains et Algériens, s'imprégner de leur culture, qu'il avait voulu vivre sur ce continent. Il avait le goût des autres, la curiosité de rencontrer des gens qui vivaient autrement. La curiosité au sens noble du terme, la connaissance de ceux qui n'étaient pas lui, qui ne pensaient pas comme lui. Et je songe à cet instant à la belle phrase d'Albert Camus, que papa aurait pu faire sienne, même s'il n'était pas natif d'Algérie : « J'ai aimé avec passion cette terre où je suis né, j'y ai puisé tout ce que je suis, et je n'ai jamais séparé dans mon amitié aucun des hommes qui y vivent, de quelque race qu'ils soient. Bien que j'aie connu et partagé les misères qui ne lui manquent pas, elle est restée pour moi la terre du bonheur, de l'énergie et de la création. » Le choix de vie de mes parents, après l'indépendance, attestera de l'amour profond qu'ils portaient à l'Algérie. En attendant, cette guerre les déchirait.

Moi, c'était autre chose : les Arabes étaient mes amis et les pieds-noirs mes frères. C'est avec eux que j'avais grandi et toujours vécu. Il y a des liens qui ne s'effacent jamais. Et comment aurait-il pu en être autrement ? Lorsque j'étudiais à Alger, sur dix élèves de ma classe, huit étaient pieds-noirs, le neuvième était un jeune Yougoslave dont le père était ambassadeur ou médecin, et le dixième, c'était moi, un métropolitain apatride, un *patos*, comme ils m'appelaient, sans que j'aie jamais su d'où venait ce mot et ce qu'il signifiait. *Patos*, c'est un canard en espagnol, canard boiteux, peut-être, puisque je ne connaissais pas grand-chose au pays et à leur communauté. Je m'en fichais, j'étais heureux de les retrouver quand je revenais à Alger, et je ne voulais pas les perdre.

Pourtant, à l'époque, moi aussi je m'interrogeais : après La Rochelle, sans doute allais-je reprendre ma vie en Algérie, avec mes parents, mais quel y serait mon avenir à l'heure où l'on nous signifiait notre congé ?

Étant toujours à La Rochelle, j'étais heureux de ne pas avoir assisté au départ de mes camarades. J'avais tellement de tendresse pour eux ! Je n'ai pas vu l'exode, je ne les ai pas vus monter en larmes dans les bateaux bondés, je n'ai pas vécu leur déchirement. Je n'ai pas assisté à leur arrivée à Marseille, à leur désarroi devant les visages hostiles, les pancartes qui réclamaient qu'on les foute à la mer. Et leur déception affreuse face à cette France magnifiée, idéalisée. Je n'ai pas vu tout ça, mais je sais, pour les avoir retrouvés ensuite à Paris, le courage qu'il leur a fallu pour partir avec pour tout bagage deux pauvres valises et un espoir minuscule ; et le talent dont ils ont fait preuve pour recommencer une vie en France, cette France maladroite et interloquée qui n'a pas su les accueillir comme ils auraient dû l'être.

Que la France de cette époque ait été coloniale, c'est sûr ; qu'en Algérie, elle n'ait pas su favoriser les talents et l'expression des libertés des musulmans en les maintenant dans un statut inférieur, c'est certain. Mais il n'y avait pas que des aspects négatifs dans la présence française là-bas. Du fait de ma jeunesse, je n'avais pas conscience de la souffrance de ceux qui étaient moins favorisés que moi, mais, néanmoins, j'y voyais des gens heureux. Et de tous bords.

## *La Boucane, clap de fin*

Le mois de juin 1963 s'achève. Dans quelques jours, je quitte La Rochelle pour rentrer en Algérie achever ma scolarité. La guerre est terminée. Je sais pour écouter la radio que tout n'est pas réglé, loin de là, mais les tensions s'apaisent peu à peu. Trois ans que je ne vis plus avec mes parents et je n'ai que seize ans. À présent que la guerre est finie, ils se sont dit qu'il était temps que je revienne s'ils voulaient encore profiter de ma présence avant que je ne parte définitivement en France pour y faire mes études supérieures – c'est du moins ce qu'ils ont prévu.

Finalement, je ne suis pas fâché de quitter le pensionnat. Certes, j'y ai passé de bons moments, mais le dortoir avec ses quarante lits collés, vingt d'un côté, vingt de l'autre, commence à me peser. Sans parler de l'unique WC à la turque, un pour tous, un vrai cauchemar ! Le dernier hiver, les canalisations ont explosé à cause du gel. Impossible de s'en servir. Ce mois-là, tout le lycée était constipé. Je me revois encore arriver chez Mathilde le vendredi soir, lui claquer la bise en lui donnant mon balluchon de linge sale, comme toutes les semaines, et filer tel un bolide aux toilettes. Ah, les joies de l'internat !

Malgré les rires, certains soirs, je me sentais gagné par la détresse et une immense solitude. Encore avais-je la chance d'avoir une « tatie » compréhensive et des parents qui me soutenaient autant qu'ils le pouvaient. Mais j'ai connu au lycée Fromentin des copains qui étaient pensionnaires depuis la maternelle, devenus au fil des ans de vrais professionnels de la débrouille : « Je t'échange deux desserts contre la solution du problème de maths, ou je te donne trois clopes contre ton devoir de latin… » Et je sais, pour avoir entendu des pleurs dans la nuit, qu'ils crevaient du manque de tendresse familiale.

Le dernier samedi de juin, juste avant mon départ, je fais une ultime virée à La Boucane. Depuis plusieurs mois désormais, je sors avec Claudine, la brunette du premier soir, et nos flirts poussés ont souvent manqué de déraper… On a même organisé un week-end ensemble, moi prétendant partir pour l'île de Ré avec les parents d'un copain de classe, elle prétextant une fête chez une cousine… et nous nous sommes réfugiés dans un appartement prêté par une de ses amies, à deux pas de la rue des Intendants. Nous y sommes restés cloîtrés pendant deux jours de peur de nous faire repérer, mais… rien. Du haut de ses vingt-trois ans, Claudine était impatiente, mais mes pauvres seize ans n'ont pas suivi : je ne me sentais pas prêt, et nous avons dormi gentiment dans les bras l'un de l'autre. Sans plus.

Cette nuit-là, il doit être 4 heures du matin lorsque Claudine me raccompagne chez moi et nous nous faisons nos adieux sur le trottoir :

« Mais non, je ne t'oublierai pas, et, oui, je t'écrirai, je te le promets, je te le jure… mais, je t'en prie, Claudine, arrête le moteur de ta Dauphine, ça fait un boucan d'enfer ! »

Au premier étage, une lumière vient de s'allumer. Tante Mathilde a dû entendre le bruit de la voiture. Je suis encore sur le perron lorsque deux volets claquent au-dessus de moi.

« Willy ? C'est toi ? »

Ma tante se penche, bigoudis sur la tête, quand elle aperçoit une voiture qui démarre avec une femme à son volant. Tout de suite, c'est l'affolement :

« André ! André ! Viens vite, il y a des gens avec Willy ! »

L'escalier s'éclaire, mon oncle et ma tante déboulent en robes de chambre, c'est le branle-bas de combat. Puis, dans le salon, la Gestapo :

« D'où viens-tu ? Qui est cette femme ? À qui est la voiture ? Tu as vu l'heure ? »

Le flot de leurs questions me coupe le sifflet. Eux me regardent, déconcertés, comme si le masque était tombé et que, derrière mon air angélique, ils découvraient un aventurier de la nuit, forcément sombre personnage ! Je fais un énorme effort d'imagination pour calmer ce petit monde et vite aller me coucher.

Une fois encore, ma tante ne dit rien à mes parents, comme elle n'a pas vendu la mèche quand j'ai ravagé son salon en faisant une boum en son absence. C'est de sa faute, aussi : pourquoi avait-elle coupé l'électricité en partant ? Quand elle est rentrée, il y avait de la bougie fondue et des mégots partout.

L'heure n'est pas à la dispute, nous allons nous séparer, et l'ennui, qu'elle redoute bien plus que mes frasques, va retomber sur la maison comme un voile gris. Chère Mathilde, c'est en partie grâce à elle si ces années françaises ont été si agréables. Lorsque, en arrivant à Alger, mes parents m'ont demandé comment j'avais trouvé ma famille d'accueil, je me suis écrié « Formidable ! » et ne me suis pas étendu sur nos petits « arrangements ».

En revanche, je n'ai pas pu cacher que je n'étais pas admis à passer en classe de première, et que je rentrais à Alger pour redoubler ma seconde…

## *Le nouveau visage d'Alger*

Revenir à Alger pour redoubler, mon père ne s'attendait vraiment pas à ça. Deux jours après mon arrivée, j'ai droit au conseil de famille :

« Tu comptes faire le clown toute ta vie ? » s'écrie-t-il en frappant du poing sur la table.

Mon carnet de correspondance entre les mains, papa découvre les commentaires des professeurs. « Dissipé », le mot revient en permanence, ce qui veut tout dire et ne rien dire. Mais, pour mon père, c'est suffisant. Je baisse la tête et fixe la pointe de mes chaussures, en attendant que sa colère se calme. Il y avait longtemps qu'il ne s'était pas énervé ainsi contre moi.

Quant à mes notes, elles sont consternantes. Que je ne sois pas un génie, mes parents le savent, mais des résultats aussi médiocres, ils n'imaginaient pas !

« Tu n'es pourtant pas bête ! me dit ma mère, navrée. C'est parce qu'on te manquait que tu n'as rien fait ? »

Quoi que je fasse, elle prendra toujours mon parti.

« Mais non, maman ! Je vais me reprendre, je vous le promets... »

Je suis si content de les avoir retrouvés que je m'en veux vraiment de leur causer cette peine.

« Tu as plutôt intérêt, Willy ! File ! » réplique mon père en me rendant mes trophées.

Il en a assez vu comme ça. L'engueulade a été courte mais le message est clair. À partir de maintenant, retour à ma table de travail, et pas question de louper le bac, il y veillera personnellement :

« La guerre est finie mais une autre commence ! conclut-il. Nous, on reste là et je vais t'avoir à l'œil, mon coco ! »

Dont acte.

Mes parents m'inscrivent au lycée Gautier, un grand établissement situé près de la rue Michelet. Inutile de préciser que la promesse de mon père de « veiller personnellement » sur mes études se délite au fil des semaines. Il me fichera une paix royale jusqu'au bac. Aussi curieux que ce soit, mes parents qui étaient assez rigides concernant notre éducation, ne sont jamais intervenus dans ma scolarité. Je ne me souviens pas que l'un ou l'autre, ni même mon frère, se soit assis près de moi pour se pencher sur un problème qui me résistait. Moi-même, j'oublie assez vite mon serment. En passant, je redoublerai également ma terminale… Mais je finirai laborieusement par le décrocher, ce fameux bachot !

À ma décharge, au lycée, j'ai rencontré le fossoyeur en chef de mon année scolaire, Jean-Marc, qui va devenir mon grand copain, mon alter ego en coups pendables. Dès le début, nous devenons inséparables. Pourtant, à première vue, notre attelage ne va pas de soi : moi, petit et roux, lui, grand et brun (mais pas play-boy, plutôt solaire et fort en gueule), tout nous sépare. Et voilà ! Plus tard, on nous appellera « Line et Willy », comme un duo de l'époque, ce qui rend Jean-Marc hystérique ! Notre amitié naît à un moment clé de ma vie, et elle durera quatre ans. Une relation intense parce que formatrice. Mon goût pour toutes sortes de sports, pour les filles, le cinéma, mon attirance pour les pays du soleil et le début d'une conscience politique, tout naît ou s'affirme alors. Quand je rentrerai en France, à l'âge de vingt ans, ma formation de jeune homme sera achevée. Elle vaut ce qu'elle vaut, mais c'est dans ce pays tendrement aimé qu'elle se sera forgée.

Avec Jean-Marc, nous partageons tout : les rires, les jeux, le tennis, le volley, la voile, les balades, le même attrait pour la mode, les filles et surtout la drague. C'est lui qui m'apprend à naviguer…

et à conduire ! Comme il a déjà son permis, étant un peu plus âgé que moi, il me fait profiter de sa superbe Floride blanche à intérieur de cuir rouge, prêtée par sa mère, qu'il conduit d'une main, le bras gauche plié sur la fenêtre ouverte. La classe ! À la maison, Jean-Marc est accueilli par mes parents comme un fils, tandis que je représente « l'axe du mal » aux yeux des siens, qui pensent que je détourne leur fiston du droit chemin. Les pauvres, s'ils savaient !

Dans ce lycée réputé pour être très européen, les élèves algériens sont devenus majoritaires, mais il n'y a ni tension ni rivalité. Il reste quelques pieds-noirs et de nouvelles recrues sont apparues : les fils et filles des coopérants bulgares, tchèques, roumains, russes… L'élite de leur jeunesse, qui parle un français impeccable, disserte sur Molière comme personne, excelle en physique-chimie et nous file des raclées au volley. C'est très bizarre de se faire apprendre la vie par un blondinet de Bratislava qui roule furieusement les « r » !

Durant mon année de seconde, une relation à l'issue malheureuse va tous nous bouleverser : Julien, l'un de nos camarades pieds-noirs, un gars extrêmement beau, gentil et réservé, tombe fou amoureux d'une petite Algérienne de notre classe. Julien et Kahena sont aussi troublants que Roméo et Juliette, aussi intimidés qu'émerveillés par leur attirance réciproque. Tout le monde les adore. On aurait pu s'attendre à ce que les plus « ultras » des pieds-noirs les rejettent en reprochant à notre copain « de coucher avec une Arabe ». Pas du tout, nous sommes attendris et nous protégeons leur idylle en faisant en sorte qu'ils puissent se retrouver chez les uns ou les autres, en toute discrétion. Dans les soirées, on leur réserve toujours un coin, au mieux une chambre, pour qu'ils soient ensemble.

Malgré tout, cet amour impossible ne résiste pas à la pression extérieure. Les amis arabes de Kahena profèrent des menaces envers Julien, qui est contraint de s'éloigner. Ces deux-là s'aiment sincèrement et leur renoncement forcé nous touche tous beaucoup. Le temps de l'innocence est bel et bien terminé.

Désormais, c'est une nouvelle ville que nous explorons, Jean-Marc et moi : des drapeaux vert et blanc avec le croissant ont fleuri et remplacent peu à peu les drapeaux tricolores. L'hymne national algérien jaillit des cafés ou des fenêtres. Les Algériens sont devenus maîtres de leur destin, ils se réapproprient leur environnement et la physionomie d'Alger se modifie. Quant à la communauté française, elle s'est réduite comme peau de chagrin.

Souvent, nous nous demandons où est passé Untel qu'on ne voit plus. Comme Chez Rodriguez où nous allions manger de gigantesques merguez frites : le restaurant est le même, les plats n'ont pas changé mais, du jour au lendemain, Mouloud a remplacé Maurice ! Et, sur les étagères, le pastis et le Dubonnet ont disparu au profit des jus de fruits et des sodas. On perd Rodriguez, bavard, exubérant, extrêmement sympathique, et on récupère Mouloud, jovial et rigolard, dont on continuera, évidemment, de fréquenter la boutique.

C'est étrange, ce basculement de la population, comme s'il y avait eu une permutation des « équipes », celle des Blancs laissant place à celle des Arabes. Un grand nombre de familles originaires de la Casbah ont migré vers les quartiers fréquentés jusque-là par les pieds-noirs, comme Bab El Oued ou El-Biar, pour occuper des « appartements européens » plus spacieux. Et ceux qui vivaient à la Casbah ont été remplacés par des ruraux… Dans la rue, de nouveaux visages apparaissent, comme au lycée, ces coopérants de l'est de l'Europe à qui le jeune gouvernement algérien a fait appel, des pays frères qui l'ont aidé pendant toute la guerre d'indépendance en envoyant des armes et des conseillers militaires.

Dans l'immeuble bourgeois du front de mer où mes parents se sont installés depuis peu, des appartements ont été réquisitionnés et redistribués. Les résidents pieds-noirs partis, des Algériens de classe sociale équivalente ont débarqué : médecins, pharmaciens, hauts fonctionnaires, notables… « Mais où vivaient-ils avant ? » s'interroge ma mère. Question à laquelle nous ne savons pas répondre.

À Alger, l'euphorie s'exprime tous azimuts dans des fêtes auxquelles nous ne sommes pas conviés. En arpentant les rues de la ville, j'ai le sentiment que les commerces que j'ai fréquentés me seront bientôt étrangers. Je ne suis ni algérien ni pied-noir, mais je me sentais bien ici, dans ces jardins qui ont vu mes premiers pas, sur ces plages où je me suis tant amusé, dans ces écoles où sont nées mes premières amitiés. Mon enfance se déracine, je vais devoir en faire le deuil. Bientôt, rien ici ne m'appartiendra plus.

Un monde s'achève. Jamais je n'aurais imaginé que les choses finiraient ainsi. Mon père avait bien senti que rien ni personne ne pourrait arrêter ce mouvement. Il était inéluctable. L'histoire s'écrit avec les hommes et souvent malgré eux, comme une machine lancée à toute allure. À Alger, nous sommes les témoins d'une page qui se tourne, mais ce n'est pas nous qui la tournons. Nous ne sommes même plus dans le paysage…

Après l'indépendance, les exactions continuent, avec les règlements de comptes qui s'ensuivent. Ce jour-là, en sortant du lycée, je vois un mort pour la première fois de ma vie. Un attroupement s'est formé autour de ce cadavre allongé sur le trottoir. Peut-être fallait-il cela pour que je réalise pleinement la violence du conflit. Les quelques familles algériennes aisées qui, du temps de la colonisation, fréquentaient des Français de même niveau social se voient reprocher d'avoir entretenu de trop bonnes relations avec l'« occupant ». Certaines se sont déjà exilées. D'autres, qui sont restées, voient leurs biens confisqués, leurs propriétés saccagées, leurs entreprises nationalisées… Maigre consolation : leurs enfants qui, pour la plupart, faisaient des études supérieures sont épargnés – la jeune Algérie a aussi besoin de cerveaux pour participer à son édification.

Ma famille n'a pas à souffrir de malveillance de la part de la population algérienne. Il n'y a pas de chasse aux militaires. Dans un premier temps, les troupes sont cantonnées dans les casernes, puis elles partent progressivement et le retrait s'opère dans le calme. Je n'ai pas non plus le souvenir, lorsque nous allions au marché avec ma mère, de regards hostiles, de paroles désagréables à notre encontre. Je craignais d'entendre : « Encore là ? » Pas du tout. D'ailleurs, si nous nous étions sentis en danger, mon père nous aurait fait partir. Et la fatma qui a remplacé Khadija continue à venir à la maison, aidant ma mère avec la même générosité, la même gentillesse. La guerre finie, nous nous efforçons de vivre à peu près comme avant.

En revanche, je n'ai pas le cœur de retourner au club El-Kettani. Après une fermeture temporaire, il a rouvert et les nouveaux cadres de l'Algérie naissante ont remplacé les militaires français et leurs familles. Mes copains et moi n'y serions pas les bienvenus, donc nous nous replions vers un autre centre de loisirs, le Raquettte Club, un club de tennis où les enfants de familles pieds-noirs continuent à se retrouver. Jusqu'à ce que l'encadrement change et que des responsables algériens en prennent la direction.

Si les pieds-noirs ne sont plus en nombre, ceux qui restent font bloc, toutes classes sociales confondues : l'opticien de Bab El Oued qui refuse d'abandonner son commerce ouvert par son père cinquante ans plus tôt et qui se dit que, Français ou Algériens, les clients auront toujours besoin de lunettes ; mais aussi l'industriel ou le restaurateur qui ont fait le pari de rester. En partant, ils perdraient tout et ils se sentent trop vieux pour recommencer ailleurs. En d'autres circonstances, ces trois-là ne se seraient jamais rencontrés. L'histoire les réunit. Sont ainsi organisées de grandes *bouffas*, des fêtes entre pieds-noirs dans les quelques villas qu'ils ont pu sauver du désastre. Même si elle est dessaisie de son destin, la petite communauté française refuse de vivre en recluse. On se serre les coudes, on se tient chaud. Comme n'importe quelle autre communauté française de l'étranger. Ni plus ni moins.

Tout de même, dans cette configuration inédite, ce nouvel état d'esprit, force est de constater qu'on est plus prudent : on ne rase pas les murs, mais on ne fait pas les malins. Nous avons bien compris qu'à présent, nous ne sommes plus que les hôtes de ce pays. Les Algériens ont pris le pouvoir et les commandes. Et les militants du FLN qui occupent des postes à responsabilité se chargent de faire comprendre à tous qu'il y a de nouvelles lois, de nouvelles règles et qu'il faut s'y conformer. Je sens, au quotidien, chez le flic du coin de la rue, le jeune pion algérien du lycée ou le responsable de telle ou telle administration, qu'il suffirait d'un soupçon de suffisance de notre part pour qu'on passe un sale quart d'heure. L'étincelle peut jaillir très vite, pour un mot, un regard, un haussement d'épaules…

## *« Tu es algérien et tu ne parles pas arabe ? »*

Ce samedi soir-là, je suis avec des amis dont Nadir, un véritable appât à filles ! « Didi » est le fils d'une grande famille algéroise avec qui j'ai fait une partie de ma scolarité et que l'indépendance n'a évidemment pas éloigné de notre groupe. Son prénom arabe, on l'a occulté, malgré nous ou malgré lui, on ne l'a jamais appelé autrement que par ce diminutif affectueux. Nous nous sommes retrouvés au grand café près de la poste à partir duquel les soirées s'organisent, mêlant ce qui reste de jeunesse française à quelques jeunes Algériens de bonne famille. On se consulte sur ce qu'on va faire en dégustant anisettes et *kémias*, ces amuse-gueules qu'on consomme dans tous les bistrots, avant de filer ici ou là en voiture. À 21 heures, je sonne le rappel : allez, on bouge !

Dans l'Austin Princess de Didi, on roule à bonne allure dans les rues d'Alger. La villa où nous nous rendons cette fois pour un barbecue se trouve au sud de la ville. À cette époque, deux polices différentes sont chargées de la sécurité : les policiers vêtus de vert et montés sur des BMW (dont on apprendra, plus tard, que le frère du président est concessionnaire officiel en Algérie…) et les gendarmes en tenue bleu marine. Le soir, les barrages sont fréquents. Au détour d'un carrefour, je vois un motard lever la main dans notre direction : contrôle d'identités.

Nous lui avons remis nos papiers et, à présent, il discute avec Didi dont il examine le permis de conduire. L'officier parle en arabe et notre copain répond hésitant, deux mots en français, un en arabe. C'est étrange, jamais je n'avais entendu Didi parler cette langue. Chez lui, tout le monde s'exprime en français, et je le sens un peu gêné, comme si, devant nous, il ne voulait pas avoir l'air plus arabe qu'il ne l'est ! Il aimerait que cet interrogatoire cesse, mais le flic insiste :

« Mais, enfin, tu es algérien ou pas ?

– Oui…

– Et tu ne parles pas arabe ?

– Non, pas trop… »

(La traduction, Didi nous l'a faite par la suite.)

Notre copain explique du mieux qu'il peut que sa mère est espagnole, qu'il a grandi là-bas, etc. Alors l'autre braque sa lampe torche sur nos visages, l'air suspicieux. On sent que toute cette histoire lui pose un problème.

Il retourne voir ses collègues, qui haussent les épaules, et revient vers nous. L'interrogatoire recommence, toujours en arabe :

« Ce sont tes amis ? Vous allez où ? Chez qui ? »

Didi répond d'une voix atone, les mâchoires crispées. Je devine qu'il fait un effort pour ne pas s'énerver. Brusquement, le policier se met à parler en français comme pour nous montrer qu'il connaît notre langue, alors que nous sommes incapables de parler la sienne, Nadir y compris. Il s'agite et se tape le front en disant que « tout ça » lui échappe : « Ça ne me rentre pas dans la tête ! » répète-t-il à plusieurs reprises. Puis il cogne violemment sur la carrosserie. Je commence à avoir peur : l'homme devient agressif.

Par chance, agacés par le fait que notre voiture bloque la circulation depuis vingt minutes, ses collègues interviennent et nous ordonnent de déguerpir. Le motard est blême, mais il ne dit rien. Didi démarre, le visage défait. Nous n'osons pas l'interroger sur la véracité de ses propos. Jamais nous ne lui avons posé la moindre question sur ses origines, qu'il soit arabe, français, espagnol ou papou, ça n'a pas le moindre intérêt, c'est notre copain ! Heureusement, la fête balaie l'incident mais, lui, restera songeur toute la soirée. Peut-être a-t-il réalisé que, s'il veut vivre ici tranquille, il va devoir sérieusement se mettre à l'arabe…

Dans ce grand chamboulement du pays et des hommes, il arrive que nous soyons à cran, inquiets pour notre avenir, donc au bord du dérapage. Il se trouve qu'en 1963, je tombe dans la même classe que Corinne Gorse, la fille du nouvel ambassadeur de France à Alger. Précédemment, Georges Gorse a été ambassadeur dans la Tunisie indépendante ; les accords d'Évian signés, le général de Gaulle lui fait confiance pour remplir les mêmes fonctions en Algérie.

Corinne est une fille sympathique, ravissante et fantasque. Artiste dans l'âme, elle voudrait devenir comédienne et prend des cours de théâtre. Moi, je suis plutôt sport et boîtes de nuit, mais elle m'aime bien. En revanche, les trois copains pieds-noirs avec qui je traîne, beaucoup moins…

Les ambassades étrangères ont ouvert leurs portes et les enfants des hauts fonctionnaires y donnent souvent des fêtes, des réceptions. Nous nous débrouillons pour nous glisser dans toutes ! « Passez boire un verre à la maison, samedi après-midi… », nous propose Corinne, un jour après les cours. La Villa des Oliviers, résidence de l'ambassadeur, est une somptueuse demeure mauresque située sur les hauteurs de la ville. Face au soleil, elle domine la baie d'Alger, la vue y est incomparable. Le quartier d'Hydra, c'est la Côte d'Azur, sauf qu'ici, le site est jalousement préservé. Une fois passée l'entrée gardée par un spahi armé, on se croirait dans les allées d'un palais royal. Il y a des palmiers, des massifs fleuris, des oliviers sauvages partout. Une princesse a occupé la résidence quelques années plus tôt et y a laissé son empreinte : à l'intérieur de la maison, ce ne sont que patios, petites fontaines, salons et terrasses. Une splendeur.

« Corinne doit être dans le petit salon, là-bas… », nous indique le majordome. Elle répète en effet une scène de théâtre avec Rachid, un jeune apprenti comédien qu'on connaît de vue. On s'approche pour les saluer, et brusquement, sans prévenir, l'un de mes copains, Claude, s'écrie :

« Ah, Corinne ! Tu es toute seule ? »

Elle le regarde, muette, estomaquée. Mais quel idiot ! Quelle plaisanterie stupide et blessante pour son ami ! J'essaie tout de suite de rattraper le coup :

« Ça va, Rachid ? »

Trop tard. Le mal est fait et, si j'en juge à la tête que fait ce dernier, il est prêt à nous casser la gueule.

« Dehors ! » nous crie Corinne pour éviter la bagarre.

Elle est furieuse. Déjà qu'elle ne portait pas les pieds-noirs dans son cœur, là, elle va les détester.

Je n'ai même pas tenté d'excuser ce crétin de Claude : on s'est carapatés sans un mot, piteux et consternés. Sur le trajet du retour, mon copain a eu droit à un savon qui l'a guéri à jamais de son racisme minable. Ce racisme ordinaire et sournois qui peut surgir, de temps à autre, chez les pieds-noirs comme chez les Algériens.

Je me suis ensuite réconcilié avec Corinne. Par le plus grand des hasards, elle et moi nous sommes retrouvés à France Inter, à la fin des années 1960. La voix mutine, le regard vert : Kriss Graffiti, c'était elle.

Quand il s'est agi pour mon père de se poser la question : quitter ou non l'Algérie, la réponse s'est imposée à lui comme une évidence : « J'aime ce pays, j'aime l'Afrique du Nord, qu'est-ce que j'irais faire à Brest ou à Limoges ? » Trente ans qu'il vivait en Afrique, sa vie était ici. La connaissant, je pense que ma mère tenait également à rester à Alger.

Mais, si les militaires partent, vers quel métier mon père peut-il se tourner ?

Sa reconversion, il l'a initiée depuis plusieurs mois sans que je le sache. Après avoir rédigé de nombreux rapports et des ouvrages volumineux sur le développement économique de l'Afrique occidentale, il a déposé un dossier d'accréditation d'expert auprès de l'ONU. Et, lorsque le nouveau gouvernement algérien s'est adressé à elle pour qu'elle lui envoie des spécialistes en économie ou en hydraulique, l'ONU lui a soumis la candidature de mon père. Son dossier ayant été accepté, il démissionne de l'armée. Et il rejoint le nouveau ministère de l'Industrie algérien en qualité d'expert en économie, sans que personne l'interroge sur ses précédentes activités dans l'armée française.

Pour moi, cet incroyable tour de passe-passe reste un mystère : à mon retour de La Rochelle, je suis surpris de le voir en costume civil. Ma mère a rangé uniformes et képis dans des housses, et il est reparti au travail comme coopérant. Il est vrai qu'il avait toute légitimité pour accomplir cette nouvelle tâche : ce pays, il le connaissait bien puisqu'il l'avait administré. Sans doute les nouveaux dirigeants avaient-ils vu comme un gage de qualité son passé d'ingénieur. C'est ce que je suppose, car mon père ne m'en a jamais rien dit.

En revanche, je comprends que si notre famille a pu acquérir un appartement dans un immeuble bourgeois du front de mer, c'est grâce à cette nomination.

## *J'ai (presque) tourné avec Visconti*

Parmi les bonnes nouvelles de cette période trouble, figure aussi l'ouverture de la cinémathèque, au centre d'Alger. Je m'y inscris aussitôt. Dans cette salle flambant neuve, j'assiste parfois à trois séances par jour (surtout quand je sèche les cours...). Je me régale. Toute la jeunesse algéroise s'y bouscule pour s'initier à la culture internationale. Il faut voir la file d'attente lorsqu'on projette des films d'Orson Welles, de Bergman, de Fellini ou de Kurosawa !

La projection du film *La Scandaleuse de Berlin*, de Billy Wilder, avec Marlene Dietrich, est un moment d'anthologie ! Le responsable de la cinémathèque, qui a acheté le film en Allemagne sans sous-titres, a demandé à un étudiant d'en faire la traduction simultanée. Celui-ci est installé debout près de l'écran et il traduit chaque réplique, d'abord en français puis en arabe, des plus évidentes comme « bonjour » ou « merci » aux plus longues qui n'en finissent plus ! Sa voix hésitante couvre tous les dialogues, c'est insupportable, je voudrais juste qu'il se taise pour admirer, en silence, le regard langoureux et les jambes interminables de Marlene.

C'est un copain, fou comme moi de cinéma, qui m'apprend qu'un film va se tourner à Alger et que le réalisateur, un certain Luchino Visconti, recherche des figurants français âgés de quinze à vingt ans pour des scènes de plage et de baignade. Le problème, pour le *casting director*, c'est qu'il ne reste plus beaucoup de Français ici, et qu'il va devoir se rabattre sur des Algériens aux cheveux blonds et des Kabyles aux yeux clairs. Je tiens ma chance !

Si Visconti a choisi de planter ses caméras à Alger, c'est qu'il tourne *L'Étranger* d'après Albert Camus. Je connais déjà ce metteur en scène pour avoir vu *Senso* et *Le Guépard*, et je rêve de l'approcher. Avec Paul, Louis et Leïla, des copains de classe, nous fonçons à l'hôtel Aletti où loge l'équipe de tournage. Dans le hall, cachés derrière des fauteuils pour que le groom ne nous chasse pas, nous guettons les stars. Bientôt, elles arrivent : le maestro en personne, avec chapeau et écharpe rose de quatre mètres de long, le comédien Georges Géret, l'irrésistible Anna Karina qui joue Marie, la compagne de Meursault et… non, je ne rêve pas, Marcello Mastroianni ! Je ne m'attendais pas à le voir surgir, et il est là, à quelques mètres de moi, avec un blazer bleu et un pantalon rouge. Quelle classe, une allure !

Nous nous approchons du chef de casting qui, sur-le-champ, embauche notre copine Leïla pour faire la doublure lumière d'Anna Karina. Mais nous, rien ! Ni doublure, ni figuration.

Deux jours plus tard, on retente le coup en rejoignant l'équipe de tournage dans une boîte de nuit. Depuis l'indépendance du pays, quelques bars ont fermé mais un grand nombre de dancings sont restés ouverts, dont celui de l'Hippodrome du Caroubier, sur la côte algéroise. Un bel endroit.

Bingo ! Monsieur Casting nous appelle, nous observe et choisit Paul, le moins petit des trois, pour jouer le rôle d'un jeune gendarme français qui doit gifler un Arabe. Il devra monter sur un escabeau pour tourner la scène, mais ça ira.

En observant la clientèle, je reconnais Luchino Visconti assis à une table un peu plus loin. Ravalant ma timidité, je m'approche du dieu vivant et lui demande un autographe qu'il me signe illico sur le carton posé sous sa bouteille de champagne. Il me le tend avec un gentil sourire. Je remercie en m'inclinant comme devant une idole. *Amichi*, est-il écrit. « Amitiés ». J'en rosis de fierté : Visconti est mon « ami » ! Je rejoins mes copains, encore fébrile. Entre-temps, Louis a été aussi choisi pour jouer un figurant au procès de Meursault-Mastroianni.

Je suis le seul qu'on n'ait pas pris. Et ma carrière cinématographique, alors ?

Dernière chance : le lendemain, j'apprends qu'une scène de baignade va être tournée dans le port. J'y fonce. Le casting recherche deux sortes de figurants : des « secs » et des « mouillés ». J'en déduis que les uns seront sur la rive et les autres dans l'eau. La régie paie l'équivalent de 50 francs pour les premiers, 100 francs pour les autres. D'abord, je postule pour les mouillés puis me ravise, me rappelant l'odeur pestilentielle dans laquelle baigne le port, l'eau huileuse et sale… Pas très engageant, surtout si on doit y mariner pendant des heures : je suis finalement pris parmi les « secs ».

Pour la scène, le décorateur du film a reconstitué cet endroit d'Alger qu'on appelait « la jetée ». Dans les années 1940, c'était un quai en ciment avec quelques cabines de bain qui permettaient aux baigneurs de se changer. Vers 9 heures du matin, j'enfile mon maillot, la maquilleuse me couvre le corps de fond de teint, et on m'entraîne vers une cabine dans laquelle on me fait asseoir seul avant de refermer la porte. L'attente commence, interminable… Dans la foule des badauds, j'aperçois le chapeau de mon père et le manteau rouge de maman : de loin, ils surveillent les opérations, émus. Les premiers pas de Willy au cinéma, ils ne rateraient ça pour rien au monde !

On tourne la scène de la rencontre entre Marcello Mastroianni et Anna Karina. Les deux barbotent joyeusement dans l'eau sombre et grasse, comme s'ils se baignaient dans un lagon thaïlandais. Quel courage, ces acteurs ! Tandis qu'ils commencent à roucouler, la bande des « mouillés » batifole autour d'eux avec des chambres à air de camion en guise de bouées. Nous autres, le clan des secs, piaffons à qui mieux mieux :

« Je dois rester dans la cabine ? dis-je à une assistante en passant une tête.

– Oui, vous vous asseyez et c'est tout. »

Je retourne donc sur ma serviette.

À 13 heures, j'entends : « Silence-Moteur. Ça tourne ! » puis « Action ! » (les trois assistants, français, algérien et italien, criant les mots sacrés dans leur langue respective), mon cœur se serre. Quatre heures que je suis là.

La caméra filme la cabine de l'extérieur, et moi je joue l'homme invisible du mieux que je peux.

J'ai gagné 50 francs en restant assis, sans bouger, à l'intérieur d'une cabine fermée ! C'est absurde mais, plus tard, j'ai compris. Je ne connaissais pas la légendaire rigueur de Visconti pour que soient restitués, jusque dans les moindres détails, les décors, les costumes, les accessoires. J'ignorais que dans *Le Guépard*, *Ludwig* ou *Senso*, les commodes que l'on voit à l'écran datent vraiment du XIX^e^ siècle, qu'elles sont remplies de linge de l'époque, que les flacons de parfum contiennent de véritables essences et non de l'eau. Que le metteur en scène a le souci du vrai jusqu'à l'obsession, et que, même si on ne les voit pas, il devait y avoir des baigneurs dans les cabines.

Quand l'équipe du film a tout remballé et que la caravane a quitté la ville, j'ai ressenti comme une étrange sensation de vide. Avec mes copains, on est restés jusqu'au bout, on a observé le chargement des malles dans les camions, des cartons à chapeaux et des valises de Visconti aux initiales « L.V. ». Quelle classe ! Le maestro a fait marquer ses bagages à son nom. Du haut de mes seize ans, je ne connaissais pas encore la célèbre marque Louis Vuitton !

Sorti uniquement en Italie et en France, le film a fait un bide mémorable, et je n'ai pu le voir. Il y a quelques années, j'ai rencontré un producteur décidé à le restaurer et à le ressortir dans un cinéma d'art et essai, cinquante ans plus tard. J'ai enfin pu visionner mes débuts d'acteur. Effectivement, on voit bien les cabines à l'écran, mais qui peut soupçonner des gamins à l'intérieur, dont un petit rouquin qui n'a jamais été du matin ? J'ai longtemps regretté de ne pas avoir choisi « mouillé » : j'aurais ruisselé d'un peu plus de gloire…

## *La délurée...*

Nous sommes en 1965, j'ai dix-huit ans, une furieuse envie de tomber amoureux et d'avoir, enfin, une vraie relation. Pas uniquement des baisers volés dans le fond d'une salle obscure. Beaucoup de mes copains sortent déjà avec des filles. Moi je vis de grands moments de solitude... Bien sûr, je continue à recevoir du courrier de Claudine, mais je ne retournerai pas à La Rochelle, et je sais qu'on ne se reverra jamais. Alors, à quoi bon continuer à s'écrire ? D'ailleurs, ses lettres me dérangent, elle m'appelle « mon petit homme » et ma mère, qui a fini par tomber sur l'une d'elles, s'est étonnée : « Mais, mon Willy, pourquoi cette fille t'appelle-t-elle ainsi ? » a-t-elle ironisé en se pinçant les lèvres pour ne pas rire. J'ai rougi jusqu'à la racine des cheveux. Qu'est-ce qu'elle a cru ? Jusqu'à présent, j'ai beaucoup flirté, mais je ne suis jamais allé au-delà. Et, à Alger, on ne couche pas comme ça. Dans le Bassin méditerranéen, les jeunes filles sont étroitement surveillées et ce sont elles qui mènent la danse. Si elles sont d'accord pour prolonger le flirt, on y va, sinon, on attend sagement.

Entre-temps, les classes de lycée sont devenues mixtes et, en classe de première, j'ai repéré une certaine Anne-Marie. C'est une fille insolente, énergique, plus expérimentée que moi et qui, visiblement, l'a « déjà fait » avec des garçons plus âgés. Elle aussi m'a remarqué et j'avoue être assez fier d'avoir tapé dans l'œil de cette fille sexy et délurée. Un après-midi, en l'absence de ses parents, elle m'amène chez elle. J'ai bien compris ce qu'elle veut, mais elle ne soupçonne pas que, pour ce jeune rouquin qui fait le beau, c'est la première fois. Elle est vraiment craquante, Anne-Marie, avec ses longues jambes aux chevilles fines, ses cuisses musclées et sa petite poitrine : je fonds littéralement de désir pour elle.

Très vite, elle m'attire dans ses bras et m'allonge près d'elle sur son lit. Elle attend mes initiatives. Hélas, je suis en *terra incognita* et, même si j'essaie tant bien que mal de me souvenir des scènes d'amour vues au cinéma… elles ne me sont d'aucun secours. D'ailleurs, on ne les voit jamais en détail et, dans cette situation, c'est justement le détail qui compte !

Pour draguer, flirter, amuser la galerie ou exécuter des sauts périlleux à la piscine, je n'ai aucun problème. Là, je me sens humilié d'être en situation d'infériorité et complètement à poil. Je regarde Anne-Marie, je lui souris, mais que faire de mes mains et de ma bouche ? Comment me glisser contre elle ? Elle se montre indulgente. Avec son aide, la chose se fait, et voilà. Comme des milliers de jeunes hommes (et de jeunes filles) dépucelés, je me dis : « Ah bon, c'est ça… »

Notre histoire n'a pas duré : Anne-Marie avait la nostalgie d'un ancien amour prénommé Pierre, un vieux de vingt-cinq ans dont elle fredonnait souvent le nom avec la chanson de Barbara. Le petit asticot que j'étais ne faisait pas le poids. Mais elle m'a ouvert la route. Les expériences suivantes seront plus concluantes et, curieusement, les femmes qui m'attireront ensuite, aux antipodes d'Anne-Marie : discrètes, timides, réservées. Jusqu'à Nadia.

## *La divine*

Si je suis retourné à l'Hippodrome du Caroubier, ce n'est pas par nostalgie de Visconti, ni de ma mémorable carrière d'acteur, mais pour une jeune Algérienne prénommée Nadia. Cette fille me plaît comme aucune autre. Son visage, surtout, me fascine : une petite tête à la Betty Boop avec des cheveux bruns courts, d'immenses yeux noirs aux cils démesurés, un nez minuscule et une bouche sensuelle que j'ai envie de mordre comme un fruit rouge. Elle n'est pas grande mais incroyablement sexy ! Gracieuse comme une petite chatte, elle a la peau mate, d'une douceur, d'une finesse... Cette fille me rend fou. Quelqu'un d'un peu averti aurait compris à la seconde que si elle me plaisait à ce point, elle plaisait aussi à beaucoup d'autres. Moi, non. Elle m'a embrasé.

J'aurais pu passer complètement inaperçu dans cette boîte, perdu entre des beaux mecs baraqués, mais derrière ses platines Nadia m'a vu danser le rock'n'roll et ça lui a plu. Comme quoi, j'ai eu raison de prendre des cours à Bamako ! Pendant ses pauses, elle vient me parler gentiment. J'ai beau la dépasser d'une tête et faire plus vieux que mon âge, elle sait que je ne suis qu'un môme. Elle accepte quand même que je lui paie un verre. Je n'ai jamais flirté avec une Algérienne – ce n'est pas très bien vu –, mais Nadia me magnétise. Quand elle me regarde, le mot « VIENS ! » clignote en rouge sur son joli front.

C'est une séductrice, un charme d'Orient. Un soir, elle me fait comprendre qu'on pourrait passer « un bon moment » ensemble si je voulais bien l'attendre à la sortie de la boîte. L'attendre, bien sûr, mais comment ? Avec quelle voiture ? Et pour l'emmener où ? À l'hôtel ? Non, un rouquin à peau blanche et une brunette pain d'épice ? Impossible, dans ce climat sensible. Jean-Luc, à l'aide !

Jean-Luc, c'est un copain d'une trentaine d'années qui possède voiture et appartement. Toute mon adolescence, j'ai eu des amis plus âgés que moi, l'envie de brûler les étapes, d'apprendre la vie à leur contact. Aux yeux de mes parents, ils représentent la « caution de sérieux », ils sont responsables – pas comme ces « zazous », ainsi que les appelle mon père, ces types aux cheveux longs, élégants mais un peu vulgaires. Avec eux, je suis entre de bonnes mains, pensent-ils. Chers parents, si vous saviez…

« Tiens, me dit-il dans la boîte, voici la clé de mon studio et je te prête ma R10. J'irai dormir chez une copine... Mais tu fais gaffe, hein ? Et tu me rapportes tout ça demain matin. OK ? Ben alors, Willy, t'as pas l'air content... »

Oui, Jean-Luc, bien sûr que je suis content, mais... Sur le papier, notre plan paraît simple et séduisant. Mais, dans ma tête, c'est l'affolement. Je suis tétanisé : je viens d'obtenir mon permis de conduire avec une R8 et sa R10 grenat, je ne l'ai jamais conduite. Et si je calais comme un con devant Nadia ? L'appartement de Jean-Luc, je n'y suis jamais allé, je vais être perdu... Et cette fille qui m'intimide tant... Panique ! Je vais avoir l'air d'un débutant en TOUT !

Sur les platines, Nadia a posé le 45 tours de Pascal Danel, *Les Neiges du Kilimandjaro*. C'est notre code : dans cinq minutes, elle sera là. Moi, j'attends déjà dans la voiture, le cœur affolé. Quelle triple buse d'avoir descendu ce rhum-Coca, je n'ai plus les yeux en face des trous ! Je passe sur mon démarrage en côte qui m'aurait recalé à l'examen et mon créneau de travers devant l'immeuble de Jean-Luc. À l'instant même où je coupe le contact, Nadia me roule une pelle, c'est bon signe. Ensuite, je tâtonne un peu dans l'appartement, mais elle rit, donc tout va bien. Peu à peu, je parviens à me détendre.

Comme souvent les femmes de petite taille, Nadia arpente la vie en talons hauts. Ce sont ses meilleures armes. À peine arrivés dans le studio, elle envoie voler ses escarpins et je la vois brusquement redescendre d'un étage ! Elle se déshabille et marche, nue, sur la pointe des pieds, en se déhanchant pour ne pas perdre un millimètre. Plus chaloupée que jamais. Assis sur le lit, je regarde, muet de ravissement, cette demi-pomme se diriger vers la salle de bains. Elle en ressort, le corps drapé d'une serviette éponge, ses cheveux ondulés mouillés qui accentuent son charme de Betty Boop, et elle vient me rejoindre sans un mot. Je ne bouge plus. Quand elle laisse glisser le linge et que son corps ambré m'apparaît, ses seins dressés, son ventre offert, la chaleur de sa peau me submergent. Nadia se glisse entre mes jambes, frêle et impudique. Je l'enserre tendrement et mes mains se rejoignent au creux de ses reins. Elle n'est pas ma première fille, mais elle est ma première femme.

Après l'amour, Nadia m'a souri tendrement en passant sa main dans mes cheveux. Les filles sont gentilles avec les gars inexpérimentés, ils les attendrissent. J'étais affamé, tel un enfant gourmand devant une exquise pâtisserie. Je crois qu'elle a aimé ma fougue. En tout cas, c'est ce que j'ai ressenti, cette nuit-là, et je ne dois pas me tromper puisque Nadia a voulu me revoir…

Au petit matin, il a bien fallu lui dire que je devais rentrer à la maison. Le week-end, je peux passer la nuit dehors, mais je dois toujours être revenu pour le petit déjeuner. Là encore, elle sourit. Elle est majeure, et il doit y avoir longtemps que plus personne ne lui demande ce qu'elle fait de ses nuits. Un dernier baiser et nous quittons l'appartement. Une fois Nadia raccompagnée boulevard Pasteur où elle vit, les clefs d'appartement et la voiture restituées à Jean-Luc, je regagne mes pénates, le cœur chaviré. Il est près de 8 heures lorsque je pousse la porte en la retenant pour qu'elle ne grince pas.

Tout est silencieux, mes parents dorment profondément. À pas de loup, je vais me servir un verre d'eau fraîche dans la cuisine. Debout devant le réfrigérateur, blazer sur l'épaule, je bois doucement, les yeux fermés, un flot d'images dans la tête, toutes imprégnées du parfum de Nadia.

« Tu n'es pas encore couché ? »

La voix de mon père me fait dégringoler de mon nuage. Je le regarde, ahuri. Comme souvent le matin, il vient boire un verre d'eau. Pourquoi ne suis-je pas allé, *avant*, me déshabiller dans ma chambre ?

« J'y vais… J'y vais… » Je marmonne et je file dans mon lit sans attendre l'interrogatoire.

Je ne sais pas ce qu'il a pu s'imaginer, mais l'important pour lui est que je sois rentré.

Nous nous revoyons souvent, Nadia et moi, grâce à l'appartement de Jean-Luc et à sa R10 que je conduis de mieux en mieux. Mais notre histoire n'est pas simple, nous devons nous cacher : si un Algérien venait à la voir avec moi, elle passerait un sale quart d'heure.

Je finis par apprendre que Nadia a une sorte de « protecteur », un homme politique ou un policier de la Sécurité intérieure qui lui a trouvé ce travail au Caroubier. Là, une serveuse me met en garde en m'informant qu'il y vient de temps à autre. En même temps, peu à peu, notre relation se délite, Nadia est attirée par d'autres garçons. Nous cessons de nous voir définitivement à l'occasion de mon départ en vacances. Mais la séparation s'est faite en douceur, comme une page qui se tourne avec tendresse pour laisser, de part et d'autre, un joli souvenir.

Tendre, comme l'image qu'il me reste d'elle quand, à l'aube, après une nuit de danse, on ouvrait les fenêtres du dancing qui donnaient sur l'hippodrome : « Viens, approche-toi des barrières, tu vas voir passer les chevaux… », me murmurait-elle à l'oreille. Au-dessus des pelouses où les pur-sang trottaient docilement, le soleil se levait.

## *Départ pour la France*

Le ministère des Armées m'a adressé un courrier. Tout en ouvrant l'enveloppe, je me vois en treillis militaire, marchant au pas dans la cour d'une caserne. Fausse alerte. Bien que domicilié en Algérie, pays désormais indépendant, je ne suis pas tenu d'y faire mon service militaire. Le gouvernement français ne comptant pas, de son côté, me rapatrier pour m'envoyer sous les drapeaux, j'en suis exempté purement et simplement. Je respire, soulagé : après trois années d'internat et de dortoir, j'aspire à autre chose qu'à y retourner. Même si je sais que mon père aurait aimé me voir en uniforme…

Au mois de juin 1967, j'obtiens enfin mon bac et m'inscris dans la foulée à la faculté de Nanterre, en Lettres modernes. Les derniers jours à Alger, je marche seul dans la ville, regardant passionnément les rues, les places, le port et le soleil qui allume de blanc les façades. Cette ville est aussi belle qu'attachante, et je comprends à cet instant la tristesse de mes amis pieds-noirs qui savaient en partant qu'ils ne la reverraient pas. Comment revenir en touriste dans sa propre ville ? Le fait est que je ne suis, moi non plus, jamais retourné en Algérie, hormis quelques jours dans le sud du pays.

C'est mon enfance qui s'achève ici. J'y ai été si heureux, et j'ai conscience que ces vingt années à Alger, à Dakar et à Bamako ont été une expérience que peu d'enfants ont eu la chance de vivre.

Mon départ pour la France met un terme à mon amitié avec Jean-Marc. Lui-même ne reste pas en Algérie : ses parents abandonnent finalement leur entreprise et rentrent en métropole. On s'est ensuite complètement perdus de vue…

… Jusqu'en 1994. Le téléphone sonne chez moi, à Paris, et c'est Marie, ma femme, qui répond. Dans le combiné qu'elle me passe, j'entends une grosse voix : « Alors, tu portes des lunettes, maintenant ? » Jean-Marc ! S'il ne s'est pas présenté, je l'ai tout de suite reconnu ! Peut-être me regarde-t-il à la télévision depuis des années sans penser à m'appeler mais, ce jour-là, mes nouveaux binocles l'ont intrigué et il me parle comme si on s'était quittés la veille. Ça, c'est un ami ! Il m'explique rapidement qu'il vit à Lyon, qu'il s'est marié, a divorcé et que, s'il vient à Paris, il passera me dire bonjour. On ne se promet rien, entre lui et moi l'amitié s'exprime comme lorsque nous étions ados : sans littérature.

Dix ans s'écoulent encore. Quand il quitte Lyon pour la capitale, il m'appelle et me donne rendez-vous dans un café parisien près du Fouquet's. Je suis arrivé en avance pour le voir marcher de loin, observer comment le temps a modifié sa silhouette. Je surveille l'avenue des Champs-Élysées et l'avenue George V et, brusquement, j'aperçois… le père de Jean-Marc ! La même allure, épaules larges et ventre en avant, la même tête aux cheveux blancs. Sauf que son père est mort depuis bien longtemps ! En quelques secondes, je redeviens l'adolescent d'Alger, intimidé par ce monsieur qui m'impressionnait tant, pied-noir d'origine espagnole, travailleur courageux, parti de rien et qui avait construit une belle fortune dans le vin. Je me lève, et j'embrasse Jean-Marc, les larmes aux yeux :

« Qu'est-ce qu'il y a ? demande-t-il, voyant mon émotion.

– C'est incroyable, j'ai quitté un jeune homme mince, aux cheveux longs et, là, j'ai l'impression de voir ton père. Qu'est-ce que tu lui ressembles ! »

Il rit de bon cœur.

« Et toi ? Tu crois que tu ne ressembles pas au tien ? »

Nous tombons dans les bras l'un de l'autre, bouleversés. Depuis, on s'est revus (j'étais témoin à son dernier mariage !), toujours avec la même émotion. Qui se mue parfois en larmes de rire comme ce matin où, après m'avoir vu à la télévision vêtu d'un blazer à rayures bleu marine, il m'appelle juste pour me dire, d'une voix de stentor : « C'est quoi, cette veste de mafioso ? Il faut que t'arrêtes ça tout de suite, je t'assure ! » Cher compère en élégance, cinquante ans que nous nous connaissons, lui et moi... Jean-Marc, c'est toute ma jeunesse, et c'est beaucoup plus que ça.

Les dernières semaines avant mon départ sont empreintes d'une infinie tendresse. Je passe la majeure partie de mon temps avec mes parents dans leur appartement du front de mer. Ce sont nos ultimes moments de bonheur familial : quelque chose est en train de s'arrêter ici et maintenant. Je reviendrai peut-être, mais rien ne sera comme avant. Je le sens. Je le respire. Je revois ma mère assise sur la chauffeuse de velours, buvant son thé devant la table basse en cuivre, et le geste délicat qu'elle dessine pour lisser son incroyable chevelure de neige rassemblée en un grand chignon impeccable. Je reconnais le parfum de sa laque, cette laque Elnett, toujours la même qui, d'Alger à Bamako, a parfumé les appartements où nous avons vécu.

Ensemble, nous passons des soirées à fumer des Poker dans le salon, et à parler de tout ce qui m'attend loin d'ici, loin d'eux, en regardant le soleil se coucher sur la baie. La mer est là, sous nos yeux. J'ai beau l'avoir contemplée des heures durant toutes ces années, jamais je ne l'ai fixée avec autant d'intensité que durant ces derniers jours. De l'autre côté de la mer, il y a un pays, des hommes que je ne connais pas. Et qui ne m'attendent pas. Une France étrangère…

## *Loin des pavés, la plage*

Octobre 1967. « Si mes parents voyaient ces amas de graviers, ces parpaings et toute cette ferraille, ils seraient atterrés », me dis-je en foulant l'immense terrain vague de la faculté de Nanterre. Le site est toujours en construction et il pleut, pour ne rien arranger. Rejoindre les classes ou les amphis relève du parcours du combattant : après avoir marché en équilibre sur des planches branlantes posées sur le sol boueux, on s'égare dans des couloirs qui se ressemblent tous et si larges qu'on pourrait y faire rouler un Airbus. Si je m'attendais à ça !

Sans parler de l'atmosphère qui sent la poudre : après une rentrée des plus confuses, les premières grèves ont éclaté dans le département de sociologie pour des questions de crédits et de réduction d'effectifs.

Dans cette université glaciale, battue par les vents, je marche seul, sans repères, sans envies. Qu'est-ce que je fais ici, parmi ces gens avec qui je ne partage rien ? Je me sens complètement largué. J'essaie d'être relativement assidu au début, mais quand, en janvier 1968, de nouvelles grèves s'annoncent pour protester contre l'intervention des forces de l'ordre sur le campus, je n'y vais déjà plus qu'en touriste.

En tout cas, j'ai eu du nez en ne m'installant pas à la Cité universitaire ! Ma sœur Monique, qui vit à Paris avec son mari et ses enfants, me prête une chambre de bonne au-dessus de leur appartement. Un lit, une brosse à dents et un poste de radio acquis à prix d'or sur les Champs-Élysées, ce sont mes seuls trésors, mais j'ai la chance d'habiter dans le VIIIe arrondissement, un très beau quartier.

Comme tous les anciens expatriés, ma sœur et son mari ont conservé l'habitude qu'ils avaient à Dakar de sortir et de recevoir. Me sachant seul, Monique m'invite à toutes ses soirées. J'en profite pour découvrir la société parisienne, ses codes, ses artifices… et ses femmes. Et parmi les amies de Monique, plus âgées que moi de quinze ou vingt ans, il en est qui me plaisent infiniment. Je les trouve fascinantes et follement envoûtantes.

Une femme épanouie qui s'abandonne à un homme plus jeune – ou l'inverse –, cela se voit. Le désir devient lumière. L'attraction se projette alentour. L'un et l'autre se reconnaissent. Il ne s'agit pour aucun des deux de détourner l'autre du droit chemin : si Danielle Darrieux-Mme de Rênal séduit Gérard Philipe-Julien Sorel dans *Le Rouge et le Noir*, c'est simplement l'expression d'un désir qui s'impose.

Carole m'a charmé dès que je l'ai vue chez ma sœur. Un visage poupin, des épaules, des hanches, des fesses rondes… Pulpeuse de partout. Quelques passes de rock'n'roll, deux ou trois plaisanteries, et déjà nos yeux se caressent. Depuis Nadia, je n'ai pas tenu entre mes bras une femme aussi attirante ! Je ne sais plus si c'est moi qui lui ai fait la cour ou si cette splendide quadragénaire m'a fait comprendre qu'elle m'autorisait à la courtiser mais, dans les jours qui ont suivi, elle est venue me rejoindre dans ma chambrette sous les toits. Là-haut, nous dansons, nous rions et nous nous aimons. Beaucoup et assez souvent pour que nos après-midi et nos nuits m'aient laissé un souvenir épicé.

Je dois redoubler de prudence lorsque je l'appelle de chez Monique pour lui fixer rendez-vous. D'ailleurs, la fréquence de mes communications exaspère ma sœur qui a constaté que Coco, ma petite amie « officielle », appelle tous les jours juste au moment où je dois débarrasser la table. Elle en a par-dessus la tête : « Hé, Willy, ici, c'est pas les PTT, hein ? Je vais mettre une boîte près du récepteur et désormais tu paieras tes appels. Et dis à ta chérie de rappeler dans dix minutes, quand tu auras fini la vaisselle ! »

Le secret de ma liaison coupable sera bien gardé jusqu'à ce matin où, dévalant l'escalier de service jusqu'au hall de l'immeuble, nous tombons sur mon beau-frère sortant de l'ascenseur ! Silence gêné, malaise palpable. Mon beau-frère, taiseux de nature, ne vendra pas la mèche ; ma sœur, fine mouche, fera une vague allusion à mes relations amoureuses en me lançant un regard noir, mais notre histoire n'arrivera pas jusqu'aux oreilles du mari trompé. Et qui l'était souvent, d'après ce que j'apprendrai par la suite… En tout cas, il ne viendra pas me casser la figure, et cette jolie aventure s'arrêtera là.

Arrive le mois de mai 1968. Entre-temps, la faculté a interrompu ses cours et les étudiants occupent le Quartier latin. J'ai vingt ans, la tête en ébullition, tout pour joindre ma voix au concert général des protestations sociales. Sauf que je n'arrive pas à me sentir concerné par ces émeutiers dont beaucoup sont issus des classes bourgeoises et qui gueulent à pleins poumons : « Camarades, écoutez les souffrances du peuple qui ploie sous le joug de l'oppression capitaliste ! » Tout le monde est motivé, sauf moi qui n'ai aucune conscience politique.

À vrai dire, j'y reste totalement indifférent. De quoi parlent ces garçons et ces filles ? De quelles souffrances ? J'ai toujours vécu dans des pays en guerre ou au bord de la révolution. À Alger, les explosions faisaient trembler les immeubles, vrillaient les tympans, et je n'ai pas oublié la terreur de ma mère, le cadavre dans le caniveau... Ces émeutes parisiennes, à côté, j'ai du mal à les prendre au sérieux. En tout cas, leur révolte n'est pas la mienne.

Début mai, je quitte donc Paris et ses gaz lacrymogènes pour une maison de La Baule, avec des copains que cette agitation ne concerne pas plus que moi, des pieds-noirs revenus d'Algérie et qui m'ont depuis peu adopté dans leur bande. Ils me racontent comment leurs parents industriels ont tout perdu là-bas pour avoir refusé de payer un quitus fiscal à l'administration algérienne, sachant qu'on allait les spolier. Je ris bien lorsqu'ils me racontent l'histoire de ce pied-noir qui a fui le pays en ski nautique : après s'être mis à l'eau comme n'importe quel baigneur, il a skié l'air de rien jusqu'à un bateau qui l'attendait en dehors des eaux territoriales. Et il est rentré en France en slip de bain !

C'est ainsi que je passe le mois de mai 1968, en Loire-Atlantique, à rire, à jouer aux cartes et à faire la fête. Sans essence pour rentrer ni argent pour nous payer le train ou l'autocar, nous sommes condamnés à nous dorer au soleil.

De retour à Paris, fin mai, je passe au théâtre de l'Odéon qui est devenu un lieu de rencontres permanent entre étudiants, artistes et ouvriers. Les militants mangent, dorment sur place. Chacun parle, personne ne s'écoute. Là encore, j'ai l'impression d'être au spectacle !

À la rentrée suivante, je reprends le chemin de Nanterre, avec le sentiment de m'y traîner sans raison. Les mois s'écoulent, je sèche ou assiste passivement à des cours en vue de décrocher une licence de Lettres modernes qui, je le sais, ne me mènera à rien. Alors, j'abandonne les lettres pour la fac d'histoire, puis la fac d'espagnol, parce que j'avais eu une bonne note au bac. Sans plus de succès. Aucune matière n'allume en moi la moindre étincelle. Un an que je vis à Paris et j'en suis au point mort. De mon existence, j'aimerais bien être l'acteur, tenir un rôle dans une pièce dont l'histoire me passionnerait autant que tout ce que j'ai vécu jusqu'à présent, mais comment ?

Quitte à jouer, autant le faire devant un vrai public. Voilà quinze ans que j'ai les yeux écarquillés devant le grand écran ou l'oreille collée au poste de radio. Ce que j'aimerais, c'est trouver un métier en rapport avec le son et l'image. Mais lequel ? Que faire et où aller pour raconter les actualités ou pour enlacer Kim Novak devant une caméra plantée dans le sable ?

Depuis deux ou trois ans, je m'exerce à l'écriture de scénarios, et l'idée a germé en moi de me frotter à la mise en scène. Devenir premier assistant, pourquoi pas ? Il va d'abord falloir faire avaler la pilule aux parents, et je leur écris un long courrier en ce sens. Ma licence de lettres, je ne l'aurai pas, chers parents, parce qu'elle ne me mènera à rien. Ils encaissent. Et lorsque, dans la foulée, j'évoque l'idée de me lancer dans des études de cinéma, mon père ne lève pas les bras au ciel. Au contraire, il prend mon ambition au sérieux. Et il continue même de m'envoyer l'équivalent de 120 euros par mois pour subvenir à mes besoins. J'ai un père en or, je le sais, mais je n'en reviens toujours pas !

## *La villa « Sans souci »*

Je ne suis pas resté longtemps dans ma chambre du VIIIe arrondissement. Lorsqu'un copain de fac me propose une colocation dans la maison de son père, avec Michel, son cousin, Corinne et Jean-Pierre, deux autres étudiants, je lâche tout, sans hésiter, pour les rejoindre. La vie en communauté, je ne l'ai pas encore expérimentée. Au début des années 1970, elle est en passe de devenir un fait de société mais, dans notre groupe, c'est différent : nous ne sommes pas des hippies, nous ne partageons pas nos amours et nous ne fuyons pas la société de consommation. Bien au contraire. Avec tout ce qu'on boit ! Jean-Pierre et moi sommes plutôt chemises Brummell que vestes afghanes. Je sens que je vais aimer vivre avec eux…

J'emménage donc dans le quartier de l'église d'Auteuil, au 14, rue Chardon-Lagache. La maison se compose d'une salle à manger et d'un salon au rez-de-chaussée, et de quatre chambres, cuisine, salle de bains à l'étage. Avec un bout de jardin pour poser une table et deux chaises longues.

Jean-Pierre et moi sommes censés étudier, mais j'ai trouvé en lui un alter ego. Nous partageons la même chambre, nous levons à midi, allons au cinéma, parfois au Printemps Brummell – il adore les vêtements et se la joue « dandy » avec son fume-cigarette –, puis nous faisons les courses pour notre petite communauté et préparons le repas en attendant le retour de nos colocataires. Corinne est en fac et les deux autres travaillent. Le dîner terminé, nous repoussons les couverts et les plats au bout de la table, et aussitôt nous sortons les cartes. Notre passion, c'est le 7 ½, un jeu inspiré du blackjack. Le samedi, nous faisons casino et jouons à la roulette. Les mises, bien que modestes, pimentent forcément les parties, les joueurs extérieurs à la maison payant un droit d'entrée.

Peu à peu, notre villa devient le lieu de rendez-vous de tous ceux qui ont du temps à perdre ou la simple envie de nous rendre visite. Un refuge pour les copains en mal de rigolade. Ils viennent fumer une cigarette, boire un verre, écouter un disque. Ils restent une heure, la soirée ou la nuit. Tout le XVI$^{e}$ arrondissement fréquente notre phalanstère et beaucoup, encore aujourd'hui, doivent se souvenir avec une certaine nostalgie de l'adresse. On ne peut pas dire que l'hygiène et l'ordre règnent mais, trois fois par mois, nous relevons les manches pour un grand ménage, chacun d'entre nous ayant sa spécialité. Moi, ce sont les toilettes et la salle d'eau, pour être sûr que ça brille. J'ai toujours été un peu maniaque. Héritage paternel !

Corinne, c'est notre mascotte, et on la chouchoute à notre façon : lorsqu'elle débarque avec un amoureux, on fait tout pour le décourager de rester. C'est un jeu, mais peut-être inconsciemment n'avons-nous pas envie qu'une pièce rapportée s'impose à nous. Quand on la voit monter à l'étage avec son copain, on l'apostrophe : « Corinne ! C'est qui, le monsieur ? On ne le connaît pas, celui-là ! – Oh, ça va, les gars ! » hurle-t-elle en claquant la porte de sa chambre. Plus tard, rebelote : « Corinne ! Y a un client pour toi ! Qu'est-ce qu'on en fait ? » Nouveaux hurlements de sa part accompagnés de projectiles jetés du haut de l'escalier pour nous faire taire. Elle râle beaucoup, mais elle rit tout autant. Y compris le soir où, sous sa porte, on a glissé une feuille de papier à laquelle on a mis le feu pour les obliger à sortir de la chambre. Furieux, son copain est parti en toussant. Mais Corinne a ri aux larmes.

Roi des cossards, Jean-Pierre est aussi sacrément dingue à ses heures. Parfois, il me ferait presque peur. En particulier, lorsqu'il conduit sa 404 verte. Pied au plancher, il se lance sur la bretelle d'accès de la voie sur berge, enfoncé dans son siège, les yeux au ras du volant. N'ayant pas la priorité, il devrait ralentir pour s'infiltrer dans le flot des voitures, mais non, il fonce. C'est sa façon, dit-il, de jouer à la roulette russe. « Freine ! Freine ! lui crié-je. – Ne t'inquiète pas, j'ai jamais eu de problème… », sourit-il. Les automobilistes qui arrivent à notre hauteur sont contraints de piler ou de frôler la rambarde de sécurité pour ne pas nous emboutir. Moi, je suis sous mon siège, terrorisé. Vous imaginez le concert de klaxons ! Et ce petit veinard n'a en effet jamais eu d'accident.

Cette joyeuse bohème va durer presque deux ans. On s'entend vraiment bien tous les cinq. Certes, il y a parfois quelques mouvements d'humeur, surtout de la part de ceux qui aimeraient pouvoir étudier davantage, mais dans l'ensemble tout va bien. Le hasard a fait que quatre d'entre nous sont du signe du Verseau, nés la même année, à un ou deux jours près. Presque des quadruplés. Une fois l'an, nous fêtons donc « le club des Verseau », conviant même des Verseau extérieurs au groupe. Tout est prétexte à rire, danser et boire ! Pendant deux ans, notre maison ne désemplit pas. Jusqu'à l'accident.

Un week-end, alors que je dors chez Coco, le téléphone sonne en pleine nuit. C'est le fils du propriétaire :

« Willy, il y a eu un incendie chez nous ! Mais inutile de venir tout de suite, les pompiers sont en train de maîtriser le feu.

– Mais qui était dans la maison ? dis-je, paniqué.

– Michel et moi, ne t'inquiète pas, personne n'est blessé… »

Ouf ! Cet idiot de Michel s'est endormi au salon, une cigarette à la main, et une partie du rez-de-chaussée a flambé. Quand j'arrive devant la villa, vers 8 heures du matin, les meubles sur le trottoir fument encore, noirs et dégoulinants. À première vue, notre chambre à l'étage ne semble pas avoir souffert, mais nos livres et nos vêtements sont couverts de suie. Et l'odeur de cramé ne partira jamais.

Pour le propriétaire qui, jusque-là, a digéré nos incartades et les multiples plaintes des voisins qui supportent mal notre tapage, c'en est trop : il décide de se débarrasser de la villa en l'état et en confie la vente à une agence. Les papiers peints et le sol du rez-de-chaussée ont été ravagés, mais on peut encore y dormir, le temps que chacun de nous se retrouve un nid.

Du jour au lendemain, la maison qui faisait restaurant, tripot, casino et boîte de nuit se transforme en squat. Le peu de soin qu'on avait pour elle a disparu et tout devient prétexte pour la dégrader encore davantage. Le soir, le dernier rentré est accueilli par un seau d'eau posé au-dessus de la porte. Le lendemain, lorsque, méfiant, il a évité le premier seau, il s'en reçoit deux autres jetés du haut de l'escalier. Furieux, il bat en retraite et va remplir une bassine d'eau dans les toilettes. S'ensuit une bagarre générale, l'eau ruisselle sur les marches, on patauge dedans… Mais quelle importance, puisqu'elle va être vendue !

L'agence immobilière commence les visites. Jamais couchés avant 2 heures du matin, à midi Jean-Pierre et moi sommes encore sous la couette. Un matin, dans un demi-sommeil, j'entends une voix résonner au rez-de-chaussée :

« Comme vous voyez, il y a eu un incendie, mais maintenant c'est surtout du nettoyage, le "dur" n'a pas été atteint… Et l'étage n'a pas été touché. Montons… »

C'est l'employé de l'agence qui est en train de faire visiter la maison à un couple et qui, en grand professionnel, vante l'article, bien que le décor soit peu reluisant !

N'importe qui se serait levé d'un bond. Pas nous. Je grommelle :

« Jean-Pierre, j'entends du bruit, en bas… »

Mon copain s'extirpe péniblement de son lit, les cheveux en bataille et vêtu, comme à son habitude… de son seul haut de pyjama ! Il sort de la chambre et jette un œil vers l'escalier : « Y a quelqu'un ? » crie-t-il en bâillant comme un hippopotame face au couple et à l'employé statufiés devant cette apparition.

Tentant d'étouffer mon rire, je regarde, médusé, le cul nu de ce dingue de Jean-Pierre. « Une seconde ! Je descends… », ajoute-t-il, et il revient tranquillement dans la chambre enfiler son bas de pyjama.

Nous aérons la pièce pour chasser l'odeur de tabac, de chaussettes et de fauve, mais nous ne nous donnons même pas la peine de les rejoindre : quand, au bout de dix minutes, lassés de nous attendre, nos trois visiteurs remontent, ils nous trouvent assis dans la cuisine, toujours en pyjama, cigarette au bec, en train d'avaler notre café noir.

La scène nous a tellement plu qu'on rejoue la même la fois suivante. Mais il n'y en aura pas de troisième. L'employé de l'agence a tout raconté au propriétaire, en particulier l'irruption de Jean-Pierre : « C'était très gênant, très gênant… », répétait-il. Depuis, il fait ses visites le week-end, en notre absence.

Pour finir, la maison est vendue. Le requiem du 14, rue Chardon-Lagache a sonné. Nous bouclons tous nos bagages pour d'autres horizons. L'âme lourde et le cœur déchiré. Après avoir abandonné mon enfance sur les rives africaines, je sens s'échapper l'insouciance de ma jeunesse, qui termine sa course dans cette villa « Sans souci ». Aucun d'entre nous ne reprendra de colocation. Curieusement, dans notre immaturité, nous sommes suffisamment mûrs pour comprendre qu'aucune autre expérience ne sera aussi belle. Nous en avons épuisé toutes les joies, et le charme est rompu. Nous avons grandi. Peu après, je m'installe dans un studio qui appartient à mon père, dans le quartier de La Motte-Piquet.

Ce déménagement marque aussi la fin de mes longues vacances…

## *Trouver ma voie*

En septembre 1970, c'est décidé, je m'inscris au Conservatoire indépendant du cinéma français, une école au nom pompeux et qui coûte fort cher à mon père. Elle est située près du métro Anvers, dans un immeuble délabré où règne Jacques Daniel-Norman, scénariste et réalisateur des années 1930. Outre le maniement de la caméra, il nous apprend à construire un script, découper des scènes, éclairer des extérieurs et effectuer un montage. Henri Marteau, professeur de comédie, nous enseigne la direction d'acteurs. Pour la première fois, j'ai la sensation de « toucher » vraiment au septième art. C'est exaltant. Les comédiens, techniciens, assistants que j'y croise deviennent ma deuxième famille. Avec les autres étudiants, on parle cinéma du matin au soir, on se goinfre de films à la cinémathèque et je retrouve sur l'écran tous les acteurs italiens à l'apogée de leur gloire, ceux qu'on appelle « les colonels », Mastroianni, Gassman, Tognazzi,

Sordi… Mais aussi Alessandro Blasetti, Elio Pietri, ces cinéastes des années 1940, oubliés aujourd'hui et que j'aime tant.

Le Conservatoire dure deux ans et est sanctionné par un diplôme qui ne vous ouvre aucune porte. Ensuite, aux élèves de trouver un stage d'assistant metteur en scène en espérant gagner leurs galons de réalisateur. Mais, à ce stade des orientations, je commence à me poser des questions : ai-je vraiment l'âme d'un artiste ? Suis-je bien taillé pour ce métier ? En toute honnêteté, je réalise qu'il exige plus de talent que je n'en possède. Et qu'il faudra m'armer de patience pour espérer un jour faire mon film. Moi, je suis un cinéphage, pas un cinéaste, et, surtout, je suis impatient. Et comme le soulignait l'esprit royal de Louis XIV : « C'est toujours l'impatience de gagner qui fait perdre. » Alors, je préfère arrêter. Sans déchirement. Parce que le cinéma est un art qui ne souffre pas la médiocrité et qu'en humble spectateur, j'ai vu trop de navets !

Féru de théâtre, je songe un moment à devenir comédien mais, là encore, en ai-je les capacités ? À quoi bon grossir le troupeau des comédiens « moyens » ? Faire de la figuration, trois pubs à la télé, ne me rendrait pas heureux. J'écris aussi quelques scénarios, des pièces de théâtre qui nourrissent plus souvent ma poubelle que mes tiroirs…

Finalement, ma passion dévorante pour le spectacle est demeurée à l'état de fantasme, et je ne l'ai jamais regretté. On a tous des chimères. L'important, c'est d'être lucide et de savoir ce que l'on vaut, sans amertume.

Mon père commence à s'impatienter, et même à s'inquiéter pour mon avenir. Un jour qu'il est de passage à Paris, mon frère et lui me prennent entre quatre yeux au cours d'un repas :

« Tu ne feras jamais rien de ta vie, Willy, tu es un bon à rien ! »

C'est rude et excessif, je sais qu'au fond ils ne le pensent pas. Ils veulent me faire réagir. C'est réussi. Je quitte la table en larmes pour m'enfuir dans la rue. Mon frère me rattrape :

« Et tu pleures, en plus ? »

Que répondre ? Je suis honteux, triste de les décevoir, mais j'ai mes talents, j'en suis sûr : il faut juste les canaliser, me mettre le pied à l'étrier. Et me faire confiance.

La radio s'impose à moi comme une autre passion plus accessible. Plus naturelle aussi : ne l'ai-je pas écoutée toute mon enfance ? Curieusement, pas une fois, lorsque j'étais jeune, mes parents n'ont relevé cette disposition d'esprit, cette envie vorace de me gaver d'actualités, pour me dire : « Tiens, puisque tu aimes tellement l'information, tu devrais devenir journaliste… » Moi-même, l'idée ne m'avait encore jamais effleuré.

Mais comment m'y prendre ?

« Tu as une piste, toi ? » demandé-je à mon père.

Il va m'aider en me faisant rencontrer une de ses connaissances qui travaille au ministère des Départements et Collectivités d'outre-mer. Il me recommande à lui pour un stage à la radio : « Que tu aies vécu en Afrique francophone peut les intéresser, après tout… », dit-il pour m'encourager.

Quelques semaines plus tard, je me retrouve devant Hervé Chomard, chef de bureau à la DAEC (Direction des affaires extérieures et de la coopération), qui ne masque pas sa perplexité :

« Votre père m'écrit que vous voulez faire de la radio. Parfait ! Mais, pour l'instant, je n'ai pas de contact. Revenez me voir… », me dit-il, cordialement.

Après trois entretiens de la même eau, j'atterris à l'Office de coopération radiophonique africaine – future Radio France International – dont la principale activité est d'alimenter en reportages et en émissions les radios africaines francophones. Les bureaux de l'Ocora étant situés à la Maison de la Radio, avenue du Président-Kennedy, je vais enfin pénétrer dans la célèbre maison ronde où je suis déjà allé en visiteur et dont j'avais envoyé une photo à mes parents, avec le rêve secret d'y travailler plus tard !

Mon premier jour, je débarque à la rédaction en blazer cravate avec une serviette de cuir où j'ai glissé un cahier et un crayon. Je suis accueilli par une avalanche de fous rires. Devant moi, s'aligne une quinzaine de visages plus ou moins burinés : les journalistes. Avec ma raie de côté – et malgré mes vingt-trois ans –, je renvoie l'image d'un collégien qui fait sa rentrée. Grand moment de solitude. Certains se la jouent un peu, dans le genre baroudeur, mais ça me plaît : j'aime les personnalités atypiques comme ce grand type à la voix brûlée par le tabac et qui se promène chemise ouverte, hiver comme été, comme si on était à Tananarive ! Je sens que ces reporters vont devenir mes nouveaux héros.

Mes débuts à la future RFI, je les fais en découpant les dépêches d'agence et en courant les distribuer aux journalistes concernés… après leur avoir apporté leur café, acheté leurs cigarettes et vidé leurs cendriers. Profession : *chaouch*, comme on dit à Alger pour désigner les porteurs. Ma seule qualité, pour le moment, c'est de ne pas trop déparer dans le décor. On me trouve sympathique et vif, et je chambre à tout-va en déployant des trésors de culot pour me faire remarquer. J'ai une place à sauver ! Le tout pour l'équivalent de 100 euros par mois. Mais ça m'est égal, je suis vraiment heureux et pour rien au monde je ne voudrais être ailleurs : « Papa, je crois que j'ai trouvé ce qui me plaît ! » ai-je écrit à mon père pour le rassurer. Je lui dois bien ça. Gentiment, il continue à combler ma paie minuscule avec des chèques mensuels, il est tellement content pour moi et soulagé !

Au cinquième étage de l'ORTF, la salle de rédaction est peuplée de plaisantins mais aussi d'amoureux de l'Afrique qui me poussent à leur raconter mes vingt années passées là-bas. Mon expérience fait son effet et me donne un semblant de légitimité pour être à leurs côtés. En leur parlant, je réalise combien l'Afrique grouillante, frémissante comme les tamaris au bord des oueds, et l'Algérie, aussi savoureuse que les courgettes tièdes que je dégustais au retour du club El-Kettani, vibrent encore en moi. Peu à peu, la rédaction m'adopte. Premier arrivé, dernier parti, je baigne dans l'information en permanence, ces actualités que j'ai infusées toute mon enfance. Et quand les journalistes sont enfin rentrés chez eux, je passe mes soirées en cabine de régie d'« Afrique Inter », la grande émission francophone, un magazine culturel et sportif qui reçoit des artistes du Cameroun, de Guinée ou de Côte d'Ivoire, et parfois des chanteurs dont les musiques font remonter en moi de tendres bouffées africaines.

Quelle équipe fantastique ! Dès que j'ai un moment de libre, je les rejoins. Je finirai par travailler pour eux.

Au bout de quelques semaines, patatras, une hépatite virale carabinée me cloue au lit pendant deux mois. Foudroyé en plein vol ! Maman vient aussitôt d'Algérie pour me soigner, me nourrir, me veiller. Nous jouons aux cartes, regardons la télévision qu'elle m'a louée, en mangeant du riz et des biscottes… mais sa douce présence ne calme pas mon inquiétude. Deux mois d'absence, je tremble qu'on m'oublie et qu'on me vire, alors j'écris une lettre où j'implore le rédacteur en chef de ne pas me remplacer, et je conclus par ces mots : « Vous me manquez ! » « Pas d'inquiétude, on te la garde, ta place… », me répond-il. Et mieux, il prolonge mon stage. L'époque était plus tendre : de nos jours, jamais je n'aurais bénéficié de tant de mansuétude.

Je reprends donc mon poste mais, bientôt, les jambes me démangent : moi aussi, je veux partir en reportage ! Durant ma convalescence, je me suis entraîné chaque jour à articuler avec un crayon entre les dents. Ça me rappelait l'époque où je glissais entre mes dents toutes sortes de petits objets pour faire rire. Comme l'extrémité rouge d'une allumette quand on passait la visite médicale obligatoire au lycée. La tête du médecin, les hurlements des copains, c'était un triomphe.

Je me demande bien si la sage-femme qui a accouché ma mère n'avait pas déjà prédit que j'aurais les « dents du bonheur », tant il me semble avoir entendu ça toute ma vie ! En fait, à l'usage, ça m'a surtout servi à siffler discrètement, la bouche à peine entrouverte, les lèvres immobiles. De même, quand je tapais sur un clavier, je coinçais le filtre de la cigarette entre mes dents pour avoir les mains libres. Il me suffisait de secouer la tête pour faire tomber la cendre. Et lors des castings à la télé, je colmatais la brèche avec du chewing-gum pour en diminuer la largeur. On m'avait dit que ça faisait un trou noir au milieu de la bouche…

Avec des dents pareilles, le destin ne pouvait que m'être favorable. C'est ce qu'a dû penser le dépanneur venu me désincarcérer d'une voiture tombée en contre-bas d'une autoroute. La conductrice, ma sœur, s'était endormie au volant. On a fini dans un champ, entourés par des barbelés, avec une vache en prime.

« Vous avez de la chance, me dit notre sauveur en regardant mes dents.

– Oui je sais, les dents du bonheur ! »

Quoi qu'il en soit, je suis prêt à « parler dans le poste ». Mais, bientôt, les jambes me démangent. « Commence par rédiger trois lignes et on verra après. Tu vas faire un essai… », me répond-on. Soit.

Thème de mon premier papier : l'avenir de la pétrochimie au Nigeria. Aïe ! Après un instant de panique, je cours à la documentation centrale où se trouve toute la presse et je me contente de recopier un article du *Monde* sur le sujet. Évidemment, le rédacteur en chef, André Saint-Paul, découvre immédiatement ma supercherie. Convocation dans son bureau.

« Leymergie, tu me prends pour un con, ou quoi ? La prochaine fois que tu pompes, change quelques mots, au moins ! »

C'est vrai que c'était minable de ma part, de penser que ça passerait inaperçu. Une dernière salve, je n'ai pas pu m'en empêcher. L'insolence, c'est comme un élastique : à force de tirer dessus, il arrive qu'on se la prenne dans le nez.

Il est temps de ranger mes pitreries au placard. J'ai à apprendre, ici !

## *Carte de presse n° 32606*

*Tout* à apprendre. Mon mentor sera un petit homme, un pied-noir, excellent pédagogue, Raymond Pinçon.

Raymond, tout le monde l'aime, ici. Avant la radio, il a passé six ans au Tchad et au Zaïre, il connaît les besoins et les goûts des auditeurs africains. Secrétaire général de la rédaction, il carbure à l'info, elle coule dans ses veines. Ce bourreau de travail incarne le dévouement et le désintéressement. C'est lui qui corrige mes premiers textes, ces papiers que je bourre d'adjectifs.

« On n'est pas marchand d'adjectifs, qu'est-ce que c'est que ça ! » s'exclame-t-il en les relisant.

Il m'encourage et m'enseigne le métier avec un enthousiasme contagieux. Patient et drôle, il m'apprend à rédiger, poser ma voix, lire sans fourcher, faire la synthèse d'une dépêche en ne gardant que cinq lignes sur quinze, et il se montre d'autant plus généreux avec moi qu'il a compris que j'en voulais vraiment. Avec Jean-Claude Weiss, le réalisateur de notre fréquence, qui m'enseigne la science du timing et de la musique, je suis bien cadré !

Bientôt, je pars faire mon premier reportage – sur un peintre africain, « le nouveau Picasso », paraît-il, mais resté totalement inconnu ! – avec un Nagra, la limousine des magnétophones, et mon micro où figure le logo de la radio. Je bombe le torse, fier de me montrer avec mon attirail. Pour aller récupérer un taxi de l'autre côté de la rue, j'ai traversé six ou sept fois le hall de la Maison de la Radio, tant j'avais envie que les visiteurs me voient, mon Nagra en bandoulière, et qu'on me pense reporter !

Lorsque j'entends sur les ondes mon enregistrement d'une minute quinze, diffusé dans le magazine « Afrique Inter », annoncé comme « un reportage de William Leymergie », j'en pleure de joie. J'aimerais que mon père puisse m'entendre de l'autre côté de la Méditerranée, mais l'Algérie n'est pas cliente d'« Afrique Inter ». Il m'entendra bien plus tard, lorsque je travaillerai pour France Inter. Mais peut-être Mahamane et Aminata, les anges gardiens de mon enfance, m'écoutent-ils près de Bamako, à Kati…

De petit reportage en court article, j'apprends mon métier. J'accepte toutes les interviews, surtout celles dont les autres journalistes ne veulent pas : hommes politiques de second plan, artistes en herbe, universitaires ou chercheurs obscurs… « Qui veut aller interv…, interpelle le rédacteur en chef en conférence de rédaction. – Moi ! » J'ai levé la main avant même qu'il n'achève sa phrase.

Parfois, cela me vaut de belles surprises, comme l'interview de Michel Polnareff, alors au sommet de sa gloire, et dont la notoriété dépasse largement les frontières. « Âme câline », « Love me, please love me », « La maison vide », « Sous quelle étoile suis-je né ? » sont sur toutes les lèvres… Dans le monde de la variété, c'est une personnalité à part : son look hermaphrodite détonne, surtout depuis qu'il porte de grosses lunettes fumées à monture blanche encadrées par une longue chevelure frisée et décolorée. Curieux de le rencontrer, je file à l'Olympia où son concert s'achève. Armé de mon fidèle Nagra.

Dans la loge de Polnareff, c'est Katmandou-sur-Seine : quinze personnes, dont la moitié affalées par terre, sont en train de fumer et boire. J'ai du mal à me frayer un chemin jusqu'à l'artiste qui trône sur un canapé, deux filles à ses genoux. L'attachée de presse qui m'a amené jusqu'à lui joue les institutrices :

« Les enfants, un peu de calme ! Ce petit jeune a trois questions à poser à Michel… »

Et, se tournant vers moi :

« Vous, dépêchez-vous, vous avez cinq minutes ! »

Sans me démonter, je déroule ma liste de questions, règle mon micro, trois, deux, un… c'est parti !

« Bonjour, Michel Polo… »

Ça commence bien ! Ses groupies éclatent de rire, sauf le principal intéressé qui me fixe derrière ses lunettes noires :

« Je ne m'appelle pas Paulo…

– Non, non, bien sûr, pardon, je voulais dire Michel Polo, ah… *Pol*nareff !

– Dites donc, ça ne s'arrange pas… »

Impossible de poursuivre, les autres sont pliés en deux, c'est une catastrophe. Heureusement, l'attachée de presse s'est absentée et j'évite ainsi la mise à la porte. Je cuit littéralement dans cette loge surchauffée. Je ruisselle de sueur et de honte, mais je m'accroche :

« Trois, deux, un. Michel Polnareff, vous êtes-vous déjà produit sur une scène africaine ? Que ressentez-vous à l'idée d'être entendu par des auditeurs africains ?

– C'est mieux… Alors, oui, l'Afrique… »

Je finis mon interview sous les huées. Quand, mon matériel rangé, je me sauve à toutes jambes, après m'être à nouveau excusé auprès de la star, l'une de ses fans me lance :

« Allez, salut, *Paulo* ! »

Pour un peu, j'en rougirais encore aujourd'hui. À la diffusion, on a l'impression d'un sacré bazar autour de moi, mais rien de mes « savonnages » n'est resté. J'ai même l'air d'être plutôt à l'aise. Vive le montage !

Les bourdes font partie du métier. Allez, blessure d'orgueil n'est pas mortelle. Radio Afrique a continué son bonhomme de chemin, et moi, le mien.

Je travaille ainsi pendant trois ans au cinquième étage de la Maison de la Radio. N'ayant pas fait d'école de journalisme, il me faut attendre d'avoir un solide cursus pour obtenir ma carte de presse, qui témoignera de mon appartenance au métier. Je dois justifier de mes fonctions, puis déposer mon dossier à la commission de la carte, qui statuera sur mon sort après avoir épluché mes états de service. Aussitôt fait, aussitôt oublié. Jusqu'à ce jour où mon destin va basculer…

Au rez-de-chaussée de mon immeuble à La Motte-Piquet, un long couloir mène à la loge du concierge. Un beau matin, il me tend mon courrier d'un air indifférent. Une enveloppe dépasse des prospectus. À l'intérieur, un document jaune pâle, barré bleu blanc rouge. Sans penser à quoi que ce soit, je le déplie et je lis : « République française. William Leymergie. » Et un numéro : 32606. Ma carte de presse de journaliste professionnel ! J'en suis littéralement ébahi.

Sur le pas de sa porte, le gardien s'impatiente, l'air de dire : « Vous ne comptez pas lire tout votre courrier devant moi, si ? » Je suis cloué sur place, confit de joie :

« Vous savez ce que c'est ? dis-je à l'homme d'une voix étranglée.

– Non…

– C'est une carte de presse.

– Ah bon… Elle est à qui ?

– Ben, à moi, pardi ! C'est la mienne ! JE SUIS JOURNALISTE ! »

Ma carte de presse… Je l'ai rangée dans mon portefeuille mais j'aurais rêvé de porter un chapeau pour la glisser à l'intérieur, comme dans *Citizen Kane* ou *Spéciale Première* de Billy Wilder. Journaliste… Ce n'est pas tout à fait le métier auquel je me destinais, moi qui rêvais d'images, mais être reconnu comme appartenant à cette confrérie me comble de fierté et m'honore. J'ai enfin bouclé la boucle de mes désirs confus. Désormais, je sais où je vais et mes parents pourront dire que j'ai un vrai métier. Je ne suis plus en devenir : je suis.

J'abandonne le concierge et me rue dans l'ascenseur pour aller appeler mes parents. En montant jusqu'au huitième étage, je pense à mon père. Je le revois à Alger, ou dans notre salon de Bamako, écoutant la voix solennelle de la radio, notre fidèle et envahissante colocataire. À mon insu, pendant des années, j'ai emmagasiné tout ce qui fait l'étoffe du métier de reporter. Et, sans le savoir, mon père m'a attiré dans les dédales du journalisme. À moi, à présent, d'y tracer mon chemin.

« Allô, papa ? Si je te dis 32606, tu me réponds quoi ?

– Heu, je ne vois pas…

– Le numéro de ma carte de presse, papa ! »

Dans l'écouteur, je l'entends battre des mains. Puis il reprend le combiné :

« Willy, tu te souviens de notre Pathé-Marconi ? me dit-il, très ému.

– Évidemment, papa… J'y pensais à l'instant.

– Un jour, c'est toi qui me donneras les nouvelles. Et je t'écouterai, mon fils. »

## *Retour à Dakar*

« Rue Bryère-de-Luyne », dis-je à mon fils dans l'avion qui nous emmène à Dakar.

Il y a plus de cinquante ans que j'ai quitté le quartier du Plateau sans jamais revenir au Sénégal, le nom de la rue, je m'en souviens pourtant. En août 2008, une journaliste de la presse écrite m'a proposé de revoir les lieux de mon enfance pour un reportage, et mon fils aîné a accepté de m'accompagner dans ce pèlerinage des souvenirs.

Certes, chaque année, je vais au Maroc et en Tunisie pour des vacances avec Marie et les enfants. En Algérie aussi, en 1970, dans le sud du pays, mais jamais je ne suis retourné au Sénégal ou au Mali. Comme si je contournais l'obstacle, comme si je n'osais pas me confronter à ces lieux, de peur d'être déçu ou trop ému. Depuis longtemps, j'ai en tête de réaliser un « papatour » avec enfants et petits-enfants, de mettre nos pas dans ceux du petit rouquin, sur les terres où j'ai grandi, mais aussi à

Madagascar où ont vécu mes parents, et le long du canal de Suez, que ma mère et mon frère ont remonté en bateau…

Dès que les portes de l'avion s'ouvrent, mon odorat s'affole, tout me revient de ces odeurs anciennes mais pas oubliées, celles un peu âcres de la terre surchauffée, des épices et des tissus fraîchement tannés, celles du riz, du manioc frit et du poisson. Le tout mêlé aux effluves de thé, de karité ou de… gasoil. C'est prodigieux comme ces parfums d'Afrique m'embarquent. J'ai l'impression de revenir à la maison ! Entre ce continent et moi, c'est une histoire de peau. Et lorsque mes pieds, pourtant habitués à l'herbe, au gazon, aux pavés, foulent le sable, tout résonne plus fort en moi que partout ailleurs.

J'étais très jeune lorsque j'ai vécu à Dakar avec mes parents, mais je me souviens précisément de la rue principale et de l'entrée de notre maison. Pour m'aider à la retrouver, je jette un œil sur une photo que mon père avait prise pour l'anniversaire de mes cinq ans. Mes petits copains alignés en rang d'oignons, il nous avait photographiés en haut des trois marches, devant la porte d'entrée, avec les persiennes en toile de fond. Photo à la main, je cherche ces marches, ce perron où nous posions plein d'insouciance.

Lorsque j'arrive dans « ma » rue, je la reconnais tout de suite : pourtant, sur la plaque, ce n'est plus le même nom. Une dame me voit la regarder d'un air désemparé :

« Ça vient de changer, monsieur, avant, c'était Bryère de Luyne ! » m'informe-t-elle.

Merci ! Je l'embrasserais ! Nous grimpons la rue, lentement, et je découvre, stupéfait, que toutes les maisons alignées possèdent les mêmes trois marches donnant accès à la porte d'entrée. Évidemment, j'aurais dû m'en souvenir. Géry, mon fils, m'observe, perplexe : « Vous viviez en haut ou en bas de la rue ? » Ça, je ne sais plus. Elle me paraissait si longue et elle est si petite ! En revanche, il me revient à l'instant qu'on pouvait la contourner par l'arrière. Mais par où passait-on, déjà ?

Un marchand de boissons fraîches posté au coin de la rue nous fait signe de la main :

« Tu veux un soda ? me crie-t-il.

– Non, merci, mais on cherche le chemin qui longeait l'arrière des maisons, vous le connaissez ?

– Celui qui mène aux garages ? Oui, il est là-bas ! » dit-il, en désignant un passage un peu plus loin.

Les garages, bien sûr ! Comme tous nos voisins, mon père garait sa voiture *derrière*. Je devrais pouvoir reconnaître la cour et les arbustes.

Et je retrouve le même chemin de terre que j'empruntais cinquante ans plus tôt. Il n'a presque pas changé. Une fois « notre » garage repéré, je refais le tour et traverse le petit jardin qui mène à la maison. Je sonne. Une Africaine assez élégante m'ouvre et me regarde sans expression particulière. Elle ne me connaît pas, et c'est tant mieux. Le rapport reste naturel. Elle accepte volontiers de nous faire entrer lorsque je lui explique que j'ai vécu ici entre 1951 et 1953 et que j'aimerais bien revoir les lieux.

À nouveau, tout est beaucoup plus étroit que dans mon souvenir mais, dès l'entrée, je peux encore décrire la distribution des pièces, le salon à droite, la salle à manger et l'escalier qui monte aux chambres en tournant vers la gauche. J'entre dans la pièce où mon frère et moi faisions la sieste et où l'on jouait à se faire tomber du sofa. J'adorais ce jeu dit du bateau, dont le but était de balancer l'autre par-dessus bord, autrement dit sur le tapis, et forcément j'en étais le naufragé ! Ma mère entendait mes hurlements de rire et elle finissait toujours par surgir : « Arrête, tu vas lui fracasser le crâne ! » criait-elle à Serge pour nous inciter à rester calmes. Ce qui n'a pas empêché mon frère, un jour que je l'embêtais, de me taper la tête contre la marche d'escalier en marbre. La réprimande qu'il a essuyée ensuite, il m'en a reparlé longtemps..

La propriétaire m'ayant permis de traverser sa maison, je pénètre à l'arrière de la petite cour où je jouais sous la surveillance de ce cher Diallo lorsqu'il pilait des arachides. J'ai encore dans les narines l'odeur de brûlé du charbon sur lequel notre autre boy, Youssouf, cuisait les bananes plantain et le poisson, une odeur si forte qu'elle recouvrait celle de la cuisine. Soudain, je revois surgir les deux ou trois poules qui venaient picorer autour de moi.

Devant mes larmes, Géry, ému, pleure à son tour. La dame nous raccompagne sur le perron. Le flamboyant aussi est toujours là… L'arbre majestueux ne flamboie pas encore, ce n'est pas la saison. Comme à l'époque où je vivais ici, le bas du tronc est couvert de cet enduit blanc que Diallo posait pour repousser les insectes. D'autres souvenirs me submergent. Au moment de la floraison, les fleurs se débarrassaient de leurs cosses qui tombaient au pied de l'arbre, des cosses grandes comme l'avant-bras, qui nous servaient d'épées à mon frère et à moi pour des duels endiablés. Je baisse les yeux, le sol est vide. Ce n'est pas la saison.

Et, tout d'un coup, au pied des marches, j'aperçois une vieille cosse brune, toute seule, comme abandonnée.

« Incroyable ! dis-je à Géry, regarde, on dirait qu'elle m'attendait… »

Aujourd'hui, elle est sur mon bureau… à sa place.

*Remerciements*

Merci à mon amie Claude Mendibil, dont la science de la phrase m'a été précieuse.

Merci à Daniel Guérin, qui a permis la « rénovation » de mes vieux albums photos.

Merci à Virginie Caminade, qui décidément saisit mieux les textes, et plus vite que moi.

## *Table*

DU MÊME AUTEUR

*Télématin, les bons plans*
Albin Michel, 2013

*En tête-à-tête avec Marcel Pagnol*
avec Philippe Lorin, Gründ, 2013

*Quand les grands étaient petits*
avec Franck Ferrand, Fayard, 2009

*Paroles de gosses*
Albin Michel, 1997

*Composition : Nord Compo*
*Impression : CPI Bussière en mai 2014*
*à Saint-Amand-Montrond (Cher)*
*Editions Albin Michel*
*22, rue Huyghens, 75014 Paris*
*www.albin-michel.fr*

*ISBN : 978-2-226-23064-5*
*N° d'édition : 21163/01. – N° d'impression : 2009740.*
*Dépôt légal : juin 2014.*
*Imprimé en France.*